无疆的文学

世界的音符

尚书房

走向世界的中国作家

赤壁

刘醒龙 著

CHINESE WRITERS
WITH WORLDWIDE INFLUENCE

文化发展出版社
Cultural Development Press

图书在版编目（CIP）数据

赤壁/刘醒龙著．—北京 ：文化发展出版社，2016.9（2019.7重印）
ISBN 978-7-5142-1424-6

Ⅰ．①赤… Ⅱ．①刘… Ⅲ．①中篇小说-小说集-中国-当代
Ⅳ．①I247.5

中国版本图书馆CIP数据核字(2016)第164835号

赤　壁

刘醒龙/著

出 版 人：赵鹏飞
总 策 划：尚振山　曹振中
责任编辑：肖贵平　周　蕾
责任校对：岳智勇　　　　**责任印制**：杨　骏
责任设计：侯　铮　　　　**排版设计**：麒麟传媒

出版发行：文化发展出版社（北京市翠微路2号　邮编：100036）
网　　址：www.wenhuafazhan.com
经　　销：各地新华书店
印　　刷：三河市金元印装有限公司
开　　本：889mm×1194mm　1/32
字　　数：159千字
印　　张：8.75
印　　次：2016年9月第1版　2019年7月第3次印刷
定　　价：49.80元
I S B N ：978-7-5142-1424-6

◆ 如发现任何质量问题请与我社发行部联系。发行部电话：010-88275710

编委会

贾平凹：中国作家，书法家，画家。中国茅盾文学奖、费米纳文学奖、法国政府奖、美国美孚飞马文学奖获得者。作品被翻译成英、法、德、意、西、捷、俄、日、韩、越等二十多种文字。在国外产生影响的有英文版长篇小说《浮躁》，法文版长篇小说《废都》《土门》《古炉》等。

周大新：中国作家。中国茅盾文学奖获得者。作品被翻译成英、法、德、朝、捷等十多种文字。国外出版有法文版长篇小说《向上的台阶》等多部作品。由其短篇小说《香魂塘畔的香油坊》改编的电影《香魂女》获柏林国际电影节金熊奖。

尚振山：尚书房图书出版品牌创始人。出版有“中国名家随笔丛书”、“中国文学排行榜丛书”、“中国小小说名家档案”（100卷）等。

不仅是为了纪念

——"走向世界的中国作家"文库总序

野　莽

尚书房请我主编这套大型文库,在一切都已商业化的今天,真正的文学不再具有20世纪80年代的神话般的魅力,所有以经济利益为目标的文化团队与个体,已经像日光灯下的脱衣舞者表演到了最后,无须让好看的羽衣霓裳做任何的掩饰,因为再好看的东西也莫过于货币的图案。所谓的文学书籍虽然也仍在零星地出版着,却多半只是在文学的旗帜下,以新奇重大的事件冠以惊心动魄的书名,摆在书店的入口处引诱对文学一知半解的人。尚书房的出现让我惊讶,我怀疑这是一群疯子,要不就是吃错药由聪明人变成了傻瓜,不曾看透今日的文化国情,放着赚钱的生意不做,却来费力不讨好地搭盖这座声称走向世界的文库。

但是尚书房执意要这么做,这叫我也没有办法,在答应这事之前我必须看清他们的全部面目,绝无功利之心的传说我不会相信。最终我算是明白了他们与上述出版人在某些方面确有不同,私欲固然是有的,譬如发誓要成为不入俗流的出版家,把同行们往往排列第二的追求打破秩序放在首位，尝试着出版一套既是典藏也是桥梁的书，为此已准备好了经受些许财经的风险。我告诉他们，风险不止于此，出版者还得准备接受来自作者的误会，这计划在实施的过程中不免会遇到一些未曾预料的问题。由于主办方的不同，相同的一件事如果让政府和作协来做，不知道会容易多少倍。

事实上接受这项工作对我而言，简单得就好比将多年前已备好的课复诵一遍，依照尚书房的原始设计，一是把新时期以来中国作家被翻译到国外的，重要和发生影响的长篇以下的小说，以母语的形式再次集中出版，作为中国当代文学的经典收藏；二是精选这些作家尚未出境的新作，出版之后推荐给国外的翻译家和出版家。入选作家的年龄不限，年代不限，在国内文学圈中的排名不限，作品的风格和流派不限，陆续而分期分批地进入文库，每位作者的每本单集容量为二至三个中篇，或十个左右短篇。就我过去的阅读积累，我可以闭上眼睛念出一大片在国内外已被认知的作品和它们的作者的名字，以及这些作者还未被翻译的21世纪的新作。

有了这个文库，除去为国内的文学读者提供怀旧、收藏和跟踪阅读的机会，也的确还能为世界文学的交流起到一定的媒介作用，尤其国外的翻译出版者，可以省去很多在汪洋大海中盲目打捞的精力和时间。为此我向这个大型文库的编委会提议，在编辑出版家外增加国内的著名作家、著名翻译家，以及国外的汉学家、翻译家和出版家，希望大家共同关心和参与文库的遴选工作，荟萃各方专家的智慧，尽可能少地遗漏一些重要的作家和作品，这方法自然比所谓的慧眼独具要科学和公正得多。

当然遗漏总会有的，但那或许是因为其他障碍所致，譬如出版社的版权专有，作家的版税标准，等等。为了实现文库的预期目的，那些障碍在全书的编辑出版过程中，尚书房会力所能及地逐步解决，在此我对他们的倾情付出表示敬意。

2016 年 5 月 7 日写于竹影居

目录

赤　壁

显空正在禅床上迷糊时，忽然感到有一股奇香自天外而来，他刚想到是否是观音菩萨云游四海路过黄州，心里霍地一下子明白了什么。他连忙爬起来，不及穿戴好，就往殿堂方向走去。一路上沁香扑鼻，他心知自己又迟到了。

到殿堂一看，果然显无已端坐在蒲团上。

显无睁开眼皮看了他一下，复又落眼低眉默诵着什么。

显空也不说话了，到一边去将大钟沉沉地撞了几下。

钟声嗡嗡地震荡了半天后，小和尚显虚才慌慌张张地穿过东坡祠朝佛堂跑来，一边跑一边穿着衣服。

见显空一脸怒容，显虚不敢吱声，径直往蒲团那儿走。

显空大声说："没有净手就诵经？"

显虚怔怔地看了显空一下，慢慢地往回走。

显空说："你再这样懒惰，我就将你送回归元寺发落。"

显虚支吾地说：“我再也不敢了，大师兄。”

显虚走后，显空开始诵经了。诵了一会儿，心情就好了许多。显虚返回时，他没再作声。

做完朝时课诵，三个人往外走，显空忽然问显虚：“昨晚你几时回的？”

显虚说：“做完佛事我就回了。”

显空说：“我怎么没听到开门声？”

显无说：“是我开的门，当时你正在读经文，没注意到。”

显空听说自己潜心诵经，连开门声都没听见，不由得为自己的长进暗喜。嘴上却问：“王老板家情况怎样？”

显虚说：“已说好了，从今天起，他每天送半板豆腐给我们。”

显空说：“我是问他家的佛事做了几天了？”

显虚说：“好像是七八天吧，我也记不清楚。”

其实他心里有数。王老板的女人死了，请他们去做佛事，开始是他和显空一起去，后来就他一个人去。昨天晚上是最后一场，按规矩显空又得去，但显虚见显空忘了，他也不提醒，依然独自去了。王老板的女儿水桃长得像花儿一样，让他怎么也看不够。

显空掐指一算，说：“有九天了。再别去了。”

显虚不高兴地应了一声。

吃过早饭，显虚正在刷锅洗碗，忽然从窗户上望见一个姑娘挽着一只竹篮，走进后院。他正想唤一声水桃，显空在院子里先叫了。

显空说：“水桃，这早就送豆腐来呀?”

水桃说：“我爸说天气热，迟了会馊，就赶早送个新鲜。”

显空说：“多谢你们想得周到，就放在这石桌上吧。”

水桃放豆腐时，显虚故意在灶屋里将碗筷弄得哗哗响。果然引得水桃往窗户里张望。

放好豆腐后，显空说，“家里忙吧？你可以走了。”

水桃说：“我找显虚师傅有事呢，他答应今天送件东西给我。”

跟着，显虚听到显空极威风地喊了一声：“显虚，你出来一下。”

显虚硬着头皮出了门，问：“大师兄叫我有什么事?”

显空说：“你答应给水桃的东西呢？快拿出来!”

显虚说：“没有，我没有答应她什么呀!”

水桃说：“昨晚你答应送我一颗好看的赤壁石哟!”

显虚说：“你怕是记错了啵!”

水桃一急，眼泪差点出来了，说：“昨晚临走时，你拉着我的手，悄悄对我说的。”

显虚还要分辩，显空忽然提高声调说：“别再说了，你到佛堂去等我。”

显虚走后，显空好言从水桃那里问明了详情。水桃只有十五岁，对佛家极信任，心里没有别的意思。所以显空多少有些放心了。送走水桃，他转身回到禅房，打开显虚的包袱细细一翻弄，果然找到一块极别致的小石头。

石头通体白如玉，而纹路又黑如线，几弯几绕，在石头上勾画出一对男女在亲嘴的模样来。

显空见了心里一热，他赶忙默诵了几句经文。再看时，他心里平静下来。他拿在手里把玩一阵，终不忍将其丢弃，想了想后，他将这块赤壁石藏在观音菩萨的莲花座后面。

显空来到佛堂，见显虚一脸的惶恐，就动了恻隐之心，问：“你今年多大了？”

显虚说：“十六。”

显空叹口气说：“你去将纸墨拿来，我在二赋堂等你。”

显虚拿了纸墨笔砚来到二赋堂前，见显空正望着大殿上方的一块匾出神，他唤了两声，显空才回过神来。

显空比照那匾上的字体，一口气写了二十多张后才歇下来。显空总是这样，每天总要抽空来二赋堂，将匾上的字临摹一二十遍。显空之所以被归元寺派到赤壁来看管东坡祠，就因为他字写得好，诗也写得不错。有这一点长处，他在归元寺时，常常露出一股傲气，后来住持对他说，你到赤壁去吧，在那儿好好练练二字怎么写，等练好了再回来。

二赋堂这块匾是李鸿章亲笔题写的。显空来后，比照那三个字一试，才知道问题的严重性，这二字写小些时还可以对付，但一旦像李鸿章那样，写成二尺见方大小，并紧挨着赋字和堂字时，便怎么写怎么难看，更别提与李鸿章那雄浑刚劲，方圆皆是的二字相比了。显空写了一整年，越写越泄气。本不打算写下去了，偏偏这时，归元寺又派了一个怪和尚显无来。

显无来时，正赶上他无精打采胡涂乱抹。显无也不搭话，上前推开他，接过笔，刷刷地写就了三个字，虽然仍比不上李鸿章的，可比他的强多了。显空一急，便又来劲了。

显无来时是民国二十六年，现在是民国二十七年了。天气已经热起来，黄州城最热的日子来到了。

显空一停下笔，显虚立即上去用扇子给他扇凉。显空的字是明显长进了，他自己也意识到这一点，脸上又有了些得意之色。他用毛巾擦了擦手上的汗，细心地挑了一幅，摆在桌子上，人站得远远近近地看了几遍。

这时，显无从二赋堂的后门进来了，见了他们只是扫一眼，也不打招呼，径直转到大幅木刻的背面去了。

这大幅木刻前面刻着《前赤壁赋》，后面刻着《后赤壁赋》。

显空朝显虚使了个眼色，显虚立即凑拢来听显空悄悄说了一通话后，显虚也转到木刻的后面去。

显无面对《后赤壁赋》无声地伫立着。

显虚说："二师兄，好久没见你写字了，你不想试试笔么？"

显无回头看了显虚一眼。

显虚又说："大师兄苦练两年，他的字都快撵上李鸿章了。"

显无淡淡一笑，转身走到堂前，拿起笔缓缓地蘸饱一笔墨后，瞅着白纸站了一会儿，随后一口气写完三个字。

显空正待上去观看，身后响起一片人声。扭头一看，见一队当兵的拥着程汝怀，正从赤壁大门处往里走。

程汝怀是鄂东行署主任，以前也来过赤壁，不过总是陪着武汉或南京来的客人。这次他陪的是胡高参。

没等程汝怀介绍完，那胡高参便连呼："好字好字！李中堂大人果然了得，真百闻不如一见，我看天下没有第二人能写得了这三个字。

程汝怀在旁边笑着说："恐怕未必，显空师傅演练这三个字已有数年了。"

胡高参回头见桌面上果然有一幅字，就上去看了看，忍不住夸奖道："下车伊始，夸夸其谈，真的险些辱没了程主任手下的人才。的确不错，其中风骨比李中堂大人更让人敬几分。"

显空见胡高参直夸显无的字，心里很不爽快。显虚心领神会，赶忙拿过显空的字摊在桌上请胡高参过目。

胡高参扫了一眼，说："小师傅，你至少得跟你师兄学上十年才行。"

显空、显虚顿时无话可说。幸好胡高参将话题转到前后赤壁赋上去了。

胡高参在二赋堂待了半上午，临走时，程汝怀要显空小心护着这块宝地，别让兵匪袭扰。还说从北方溃退下来的部队很多，那些中央军霸道得很，他这个地方官制约不了。显空点头称是。

送走程汝怀一行，显空一整天心里都不快活。

显虚见大师兄不快活，便提心吊胆，等到天黑就早早入了禅房，准备睡觉，打开包袱时，他忽然发现那颗赤壁石不见了。

显虚正满床搜寻，显无进屋来了。见他急得满脸通红，就问有什么事。显虚不好明说，便用铺床来掩饰，显无瞥了他一眼，说东西掉了可问观音菩萨，心丢了，可就麻烦了。

显虚想着那块奇石，夜里睡不着。

那天，大师兄带他去豆腐店王老板家做佛事，第一眼见到水桃，心里就乱了方寸，回来的路上，显空无心地夸了一句，说水桃是豆腐西施。当即，显虚的脸红得像熟透的水蜜桃。他怕显空看见，假装鞋松了，蹲到地上去系鞋带。无意中发现手边有一颗白石子有些特别，他随手捡起来一看，心里像得了宝贝那样高兴。

睡不着时，显虚老想这是不是天意，不然哪能那么巧，一见到水桃，他就拣到这赤壁石。也有想不通的，既然天赐这段姻缘，可为什么又让他做了一个秃头和尚呢？

民国二十七年夏天的这个晚上，大和尚显空、二和尚显无睡得鼾声起伏，可怜小和尚显虚却在闭着眼睛看着自己的未来。

外面凉风习习，可他不能出去乘凉，一到夏天，大家最爱说的话是：心静自然凉。大家也都不敢说热，怕别人说自己心不静。

半夜里，显虚听到一阵急促的敲门声。

敲门声刚刚响起时，显虚尚不觉得惊慌，可只过了片刻，他就稳不住神，急忙叫醒显空。

显空醒过来，有些生气地说："这么晚，叫什么呀？"

显虚说："有人在敲门！"

显空说："有人敲门你去看看不就行了！"

显空边说边听出了异样，他三下两下穿好衣服，就往外走。

没人叫显无，但他也起床跟了出去。

过了东坡祠，他们望见赤壁大门外，亮着一片火光，且敲门声极凶狠。显空合上乾坤掌，闭起混沌目，喃喃地对显虚说："敞开院门作佛门，让开俗道成禅道。"

显虚应了一声，上前一步将赤壁大门门闩抽了下来。

门一开，许多火把和手电筒刷刷地将显空、显虚的印堂，照得红彤彤的。显无在他们身后站着。

显空冲着那群人说："施主半夜三更前来，不知有何急事?"

一个吊着胳膊和手枪的人回答："没听说当兵的四处为家？老子这不算回家也算找上家门了!"

显空心里一怔，仿佛感到某种不祥之兆，他说："这是书圣诗仙苏东坡留下的一片洁土，只供参拜，不留食宿。"

头头模样的那人仰面一笑，说："这样更好。蒋总司令只命令我们不许袭扰百姓，但没有禁止当兵的麻烦神仙。"

头头一笑，他手下的那两百多号人跟着一齐笑起来，乱糟糟地不知都嚷了些什么。

显空说："各位不可取笑。"

显虚一旁插嘴说："施主趁早另择安歇之处吧!"

那头头冷笑一声，说，"假癞痢！不是咱弟兄的血肉挡住了飞机坦克，东洋人早就一把火烧了你裆里的无花果！真有书圣诗仙菩萨屌，那怎不请日本鬼子到别的国家去安歇?"

显空说："禅俗两家，同生不同世。佛事凡情，各有各的主管。东洋西洋，与出家人概不相干，请施主多多体谅。"

这时，溃兵中有人讥骂吼叫起来："各不相干，却挡在门口，想你这秃瓢是个荤和尚么?"

又有人高叫："营长，咱拿着机关枪呢，怕谁呀，干吗要与这几个光头佬细说!"

听得这一声叫，头里几个当兵的便进了大门。显空和显虚挡不住，被挤到一边侧着身子还站不稳。

身后的显无忽然开口说："施主慢点走。"

那几个当兵的一愣。只见显无端坐在地上，抡起两掌在空中舞了几下，然后缓缓地向前平推过去。那几个当兵的立即像纸鸢一样，飘飘地越过门槛，退回到开始起步的地方。

那头头一愣，问："你们中邪了?"

当兵的说："好怕人，有一股凉风吹得骨头生痛，脚下站不住。"

显虚说："二师兄学过喇嘛教的神功，还有更厉害的招儿呢!"

那头头没有被吓住，反说："我就不相信天底下还有比子弹更厉害的东西。"

他一挥手，几个当兵的平端着步枪，逼近显无，直到刀尖抵住显无的胸膛才停下来。

显空见此情形，连忙闭上眼睛，可他心里已看到那刺刀尖上正孕育着一朵血红的蓓蕾，同时也听到那枪膛里正憋着一声恐怖的呻吟。

显虚不知所措，他见显空闭着眼睛，以为还不知道眼前的险情，正准备凑近去告诉他。却意外地听到大师兄急促的呼吸声，再细看时，才看清那一副激动不已的样子。显虚顿时诧异不已，他感到大师兄的目光正在使劲扣动那些步枪的扳机。

待了一阵，终于有一支枪响了。

显空睁开眼睛后，却发现心花未谢，血花未开，显无仍好生坐在那里。他听到东坡祠内有一阵异响，便叫显虚跑去看。显虚看后回来说，苏东坡塑像的嘴巴被枪打坏了。

显空对那头头说："不杀生可以，但也不能伤害神仙啦！"

那头头说："苏东坡不是常叹有客无酒，有酒无肴么，留着一只空嘴巴有什么用呢！"

显空一时无话，回头见显无依然是纹丝不动的模样，到这地步仍不乱佛心，他心里不得不称赞，说："安邦定国，镇山慑水，师弟的确得了佛祖禅宗真传。"

听到这话，那头头发了一声冷笑，冲着队伍后边的黑暗叫道："美人儿们，都到前面来！"

随之，就有娇滴滴的音响传过来。不一会儿，一群香姐甜妹，款款地分开那些黑大兵，走到大门前。

那头说："今天让你们开个眼界，见识见识这无骨无核的无花果。"

几个烟花女子似乎不懂他的话，只是怔怔地望着。

那头头说："无花果就是和尚的鸡巴，谁先尝到，老子赏她一对金耳环。"

烟花女子先是好奇地一阵嬉笑，跟着就有人率先动手解显无的衣服。有两位没弄懂头头的意思，竟朝显空和显虚下手，唬得显虚和显空扭头就跑。

显空边跑边说："搞错了，不是我们。"

这一听，让那些溃兵乐得哄笑起来。

高上尉带着几个把兄弟和一营士兵，从河北溃退到河南，从河南溃退到安徽，又从安徽溃退到湖北。中间，他提着脑袋与日本人干过几仗。日本人的武器太厉害了，三五个人就可以打他的一个排，几仗下来，说是打死了上千上万个鬼子，实际上连五十个都不到。一营人几乎都打光了，幸好把兄弟们尚在。眼下这群乌合之众，是一路上收编的散兵游勇。大家说是铁心跟着高上尉干，其实一多半冲着从六安掠来的那几个妓女。进黄州之前，他担心地方大了，妓女也会勾不住这些浪荡种，这年月没有人、枪，空有师长、军长的头衔也没用。所以，他有意让队伍在上巴河休息了两天，另派人先来黄州，打听到赤壁是个清静封闭的去处，就决定将队伍开进去。

谁知凡间好闯，佛门难进，几个赤手空拳的肉头和尚，竟将纵横燕越、驰骋中原、在日本人的钢炮铁甲丛中死了几个来回的堂堂行武，轻而易举地拒之门外。

高上尉于气恼之中唤来了那几个妓女，让她们将显无夹生吃了，破他的戒。

纤纤玉指，艳艳朱唇，解的解，咬的咬，那些带子和扣子一个个地开了。片刻间，显无就只剩下一条惨不忍睹的裤衩在身。

显无此时，再难静心静意，转而担心这几个妓女真会夹生夹僵地吃了自己的“无花果”。他无可奈何地叹了一声，然后发动轻功，翻过围墙飞也似的逃了出去。

高上尉听到人群中有拉枪栓的声音，就叫道：“别开枪！”

停了停，又说：“让他去吧！”

显无很快消失在黑暗之中，高上尉招手让手下的人进驻赤壁。

显空恍恍惚惚地看着这些，不知如何是好。

高上尉正在指挥部下往东坡祠里搬东西，一个女人走到他面前，说：“长松，我们住哪呀？”

高上尉说：“别着急，巧巧，有你我过舒服日子的地方。”

巧巧说：“我好累，想早点歇下来。”

高上尉只得大声喊道："老二，找着地方没有？"

老二应声跑过来说："屁，都是些灯笼穿的破亭子，乘凉可以，住人不行。"

高上尉一扫眼，看见了二赋堂，问："那地方不行么？"

老二说："上着大锁，弄不开！"

高上尉派人叫来显空问他要钥匙，显空说钥匙丢了，上午程汝怀要参观时，也没能进去。高上尉听出他是在用程汝怀来压自己，也不搭话，一只手抽出手枪，瞄准那锁就是一枪。铁锁很尖锐地一响。却没有开。老二上去看了看，回来说必须打在锁眼里才行。老二叫了一个士兵去用手将锁扶住，回头问高上尉让谁打。高上尉让老二，老二打了一枪，却打在那士兵手上。那士兵捂着手直哼哼。高上尉要亲自来打，让再扶一次，锁开了，派个妓女单独侍候他三天。那士兵扶正了锁后，高上尉一枪就将锁打开了。

高上尉拥着巧巧，走进二赋堂，转了一圈后，到了木刻背后，《后赤壁赋》下的那块地方，前面的大厅，则让把兄弟们住。

吩咐刚毕，把兄弟们就和几个妓女搂搂抱抱，簇簇拥拥地进来找地方安身。

巧巧正在指挥勤务兵安床支蚊帐，高上尉没事，就去看被担架抬进来的八弟，刚走近，不及说话，外面忽然响起人声，像是在问谁是指挥官。

高上尉走出二赋堂，见问话的是两个警察就搭话说："有什么事就和我说吧！"

一个警察说："程主任听到这儿响枪，不知出了什么事，特派我们来看个究竟！"

高上尉说："没事，是弟兄们枪走火了。"

那警察又问："你们是哪部分的？"

高上尉说："哪部分的都有。"

那警察不甘心，说："还望长官说清楚，小弟回去也好交代！"

高上尉说："你就说是打鬼子、抗日的部队！"

高上尉这队人马不算多，可一路上山炮、小炮捡了不少，都在院子里黑黝黝地蹲着。黄州城的驻军只有机关枪，所以这阵势让那两个警察不敢多说，敷衍几句就赶快走开。

显空一直在一旁观看，警察走时，他撵上去，请他们带个话给程汝怀，赶快下个命令，让这帮人撤出赤壁，免得让这千年古迹遭了殃。警察摇头说，这帮人有大炮，程汝怀也不敢得罪他们。

此时，月光铺展而来，天空里到处飘洒着大大小小的星星。高上尉第一次来赤壁，免不了心生好奇，他将《前后赤壁赋》读了一遍，复出门到问鹤亭、放龟亭处走了走，到处都是他的人马，找不到一点幽情。

转回来，走到二赋堂，见一个人影正贴着门缝往里望。高上尉放轻了脚步，悄悄上去，伸手猛抓那人的头发，却抓了个空，那人也吓软了，不知逃走，只顾扭头来看。高上尉认出这是小和尚显虚。

高上尉便问：“你在这儿干什么？”

显虚说：“师兄怕你们毁了古迹，让我来看看。”

高上尉说：“你别捣鬼。幸亏碰上我，换了别的弟兄，早就一枪崩了你！”

显虚不再回话，抽身走了。

高上尉俯身朝显虚看过的门缝看了看，正好看见老二和一个妓女赤身裸体地在床上起伏，四壁尽是那种撩人的音响，天将黎明，凉风中弥漫着阵阵肉体的嫩香。

他有些不能自持，连忙推开后门。刚一掀开蚊帐，一截粉圆裸白像藕妖精一样的身子，横着滚进他那欲火煮沸的怀抱。他稍稍一捏，巧巧就月落西湖星坠漓江般响起醉骨酥心的呻吟。

高上尉扯开最后一粒扣子，正要摆好架势。外面正厅里忽然骚动起来。有人慌张地叫：“三连副不行了！”

高上尉一把撩开巧巧的手臂，套了件裤衩就往外冲。

情急之中，他踢翻了一架行军床和床上色相迷迷的妓女。

高上尉扑在担架上连声问，“八弟！八弟！你怎么了？”

八弟喘着气说：“就那么回事，大概熬不过去，要过山了！”

高上尉眼睛一瞪，说：“不成，看哪个小鬼敢来收魂，我一枪崩它十个窟窿。”

八弟说：“我还有一口气，大哥真心护我，不如趁早将巧巧让给八弟！”

高上尉猛地一愣。

老二在一旁骂起来：“八弟别胡说！大哥一生无别的嗜好，南征北战也就遇上这么个对上胃口、称心如意的姑娘，八弟这么要求是断不可以的！”

高上尉说了句：“容我想几分钟。”

他出门去，寻了一个士兵，将其痛打一顿，然后平静地走回来，对八弟说：“此刻八弟若让我陪着去那边也是可以的，所以，心爱之物更不是不可以了！”

高上尉将巧巧叫过来，当着大家的面对她说：“八弟喜欢你，我是舍不得也要舍，从今往后你就跟着他吧！”

说完，他把厅里所有人都轰了出去，他自己也走了，厅内只留下八弟和巧巧。

高上尉端坐在名叫迎素月的院门门槛上，心里十分不好受。后来他想起了在六安城外遭日军袭击的情形。当时，一群手榴弹，像乌鸦一样，呜呜哇哇地从一座土丘后面飞出来。高上尉虽然惯走沙场，可这种东西还是第一回见到。他拉了一把身边的八弟，问天上飞的是什么东西，八弟跨上一步迎近些去看时，刚好护住了高上尉。手榴弹爆炸，八弟当即被炸得血肉模糊。

想到此，高上尉不由得对自己说，八弟能替自己去死，我送他一个姑娘又算什么呢！

八弟将巧巧要去，其实也就摸摸那两只硬赳赳的乳房。他要巧巧将裤子脱了，巧巧推说要去尿尿，跑到她和高上尉的床上躺了半个时辰，再回去时，八弟已经死了。

高上尉和老二他们哭了一通后，将八弟的丧事做了安排，便转回来准备休息。

他掀开蚊帐，见到巧巧已在里面躺着，不由得愣了愣。

这时，他听到窗户后有点动静，就伸手做拔枪的姿势，窗纸后面什么东西一惊。

高上尉心里一笑，高声读起木刻上的《后赤壁赋》来。

“时夜将半四顾寂寥。”

“适有孤鹤横江东来翅如车轮。”

“玄裳缟衣。”

“戛然长鸣掠予舟而西也。”

一阵脚步声骤然在窗外响起，有人又慌又急地向远处逃走了。

“顺臾客去，予亦就睡。”

哨兵听到脚步声，在问鹤亭里发出一声断喝。

高上尉推了一下窗户没推开，便敲着木栅骂道：“狗咬耗子。没你的事。”

哨兵不作声了，巧巧却在蚊帐里问：“怎么了？”

高上尉喃喃地说：“稀奇，小和尚也知道听窗。”

巧巧拱出香辣辣的嘴说：“天下男人都一个样。睡吧！”

高上尉冷冷地说：“不行！你是八弟的人，不是我的人了！”

高上尉又说：“这个床归你了。”

他朝外走时，听到巧巧在床上凄惨地叫了一声：“长松！”他心里一颤，但脚下没有停，一直走到东坡赤壁的最高处，伫望着万里长江茫然。

站了一会儿，他忽然觉得身后有人，扭头一看，是老二。

老二领着一名妓女跟来了。老二说：“大哥，我知道你心里难受，别憋着，找地方泄一泄吧！”

说着，那妓女就开始解自己的衣服。

高上尉猛地一挥手，说：“要泄你自己泄吧，别让我恶心！”

天刚亮时，显虚就开始敲钟。

听到钟响，显空猛地清醒过来，心里不由得奇怪，他到供堂时，见显虚已开始诵经了。

显空仍忍不住问：“你今天怎么起得这样早？”

显虚没吭声，只抬头望了一下。

显空又说：“你脸色不好。一定是昨夜没睡好。”

显虚心里有鬼不敢回答。

显空则自语道：“挨着这群魔王，谁能睡安稳觉？”

显空正要坐下诵经，一个当兵的闯了进来，冲着他吼道：“这大早，敲什么钟？吵得弟兄们睡不好觉！”

显空说：“施主莫发火。这晨钟暮鼓，哪座庙里不敲？若是嫌吵，可以到城里去找地方住嘛！钟鼓声如同心跳声，本是不吵人的。”

当兵的说：“像打雷一样，还说不吵！”

显空正要再说，高上尉出现在门口，说：“没听说做一天和尚撞一天钟么，和尚不敲钟还能做什么呢！”

当兵的见了高上尉，赶紧立正称是。高上尉摇摆手让他走了。

显虚见高上尉进来，心里一阵发慌，再也无心诵经，扭头对显空说：“这堂课是没法做了！”

显空摇头叹了口气。

显虚说：“干脆我去豆腐店打个招呼，让水桃别送豆腐来了，免得碰上这群魔王遭殃惹祸。”

显空稍一想就答应了。

显虚赶忙放下经书往外走。

高上尉故意堵在门口不让路，显虚也不叫他让，仄着身子，从门边钻出去。高上尉笑眯眯地看着他，待他走出十几步，突然在身后叫道：“显虚师傅!”显虚身子一震，腿有些发软，禁不住回头看了看。高上尉笑得更厉害，并指指他的脚。显虚低头看时，才发现自己将鞋穿反了。

显虚换好鞋，匆匆走出赤壁大门，才长长吁了一口气。昨夜的事，开始本是显空派他去探听动静，一去后，自己却被迷住了，想走也挪不动脚。第一回被高上尉冲散后，又忍不住返回去，没想到又被高上尉发觉。夜里恐惧，起床时将鞋穿反了也没有察觉。

半路上，果然碰见了水桃。

水桃执着豆腐担，辫子、胸脯、手和屁股，随着那担子一下一下地悠着，好看极了。

显虚连忙迎上去，远远地叫了一声：“水桃!”

水桃马上回应一声，待走近了又问：“你这一大早去哪儿呀?”

显虚说：“昨晚赤壁来了一群溃兵，个个像魔王，我怕你不知道此事，仍来送豆腐，搞不好会吃大亏的。所以，特地去你家报信，让你以后不要再送了。”

水桃说：“我知道溃兵的事，显无师傅昨夜跑到我家，将经过都说了。可他没说我不能送豆腐。”

显虚说：“二师兄念经念傻了，一点也不通晓人间的事。只有我才一天到晚惦记着你呢！”

水桃说：“别人傻总比你假强。前天你明明说找我有事，昨天我去时，你却不承认。”

显虚说：“那是大师兄当了面。他不准我和女孩子玩，知道了就骂我。”

水桃说：“那你到底要送我一个什么东西？”

显虚说：“一颗好看的石头。”

水桃说：“石头有什么好看的。”

显虚说：“这个石头与别的石头不一样，上面有一幅画儿。”

水桃说：“你别又说假话。”

显虚说：“真的。天生就有，一个男的和一个女的抱着亲嘴！”

水桃一时红着脸说不出话来。

显虚的心也怦怦地跳起来，他回顾一下，见没有人，便一下子扑过去将水桃死死搂住。水桃没有防范，肩上的担子立即掉在地上。显虚说：“水桃，我真喜欢你，你让我也亲一下吧！”边说边用嘴巴在水桃脸上直拱。

水桃拼命挣扎，嘴里直嚷：“不行！不行！”

显虚力气很大，水桃挣不脱，实在没办法时，她张开嘴在显虚脸上狠狠咬了一口。

显虚正在热情之中，忽然一阵剧痛袭来，他只好放开水桃，不知所措地看着她抬起豆腐担子，急急忙忙转身往家里走。

显虚站了一阵，觉得脸越来越痛，用手一摸，方知脸已经肿了。他忍不住骂了一句：“真是最毒妇人心。”

显虚本打算就此回头，可显空吩咐他要将豆腐带回去。没办法，他只好盯着水桃的背影跟着走。

王老板也出门送豆腐去了，显无在院子里对着一棵老槐树念经。水桃不理他。显虚怕显无知道刚才的事，便装什么事也没发生一样，要水桃用篮子装些豆腐给他，水桃嘴上没应，用刀子将摔在地上沾了灰的那些豆腐，全部切下来，装进篮子里。显虚有苦说不出，提篮子正要走，显无忽然唤起来。

显无问：“家里的情况怎么样？”

显虚说：“溃兵将各处都占了。昨晚有个人死在二赋堂里。”

显无问：“不是我出手伤了他的吧？”

显虚说：“不是！是打仗负了伤，救了多时没救住！”

停一停，显无又问：“他们是不是在到处找我？”

显虚说：“他们根本就没把你当回事。不过，你暂时还是不要动，待我回去看看风声再来告诉你。”

显虚说话时，眼角老睃着水桃。水桃一点也不理睬他。显虚趁她不注意，放下手中的篮子，将地上盛着好豆腐的篮子提起来，悄悄地走了。

显虚提着一篮豆腐回到赤壁时，太阳已升起一丈多高，到处都是一股股的燥热。

巧巧正坐在大门口荫处乘凉，风不够大，她撩起旗袍的前摆轻轻地扇，两条雪白的大腿横在路上。

显虚不敢看那双腿，他绕了几步，想躲过去。

巧巧盯着他的脸说：“小师傅的脸怎么啦？”

显虚说：“被街上的顽童用石头砸了一下。”

巧巧说：“是么？你叫什么名字？”

显虚说了自己的名字后，装作听到谁在喊的样子，应了一声，飞快地离去。

回到住处，正在向显空交代这一早晨碰到的事，巧巧在外面喊起他的名字来。他听见了但不敢应声。

显空提醒他，说：“有人喊你咧！”

这时，巧巧已经进屋来了，说：“显虚小师傅，这么好的豆腐，送一块给我尝个鲜吧！”

显虚将眼睛看了看显空。

显空说："你觉得好，就自己拣两块去吧！"

巧巧说："我就在你们这儿吃行么，当兵的大锅烧饭，做不出味道来。"

显空一时不知如何回答是好。

这时，老二到了门口，说："巧巧，你怎么跑到这儿来了。大哥有事找你呢！"

巧巧说："他找我有什么好事！"

高上尉坐在八弟的尸体旁守灵，见巧巧和老二来了，就站起来朝巧巧行了一个礼，然后责怪说："你不守灵，跑到哪儿疯去了！"

巧巧说："干吗要我守灵？"

高上尉说："你是八弟的人，你不守灵谁守灵！"

巧巧冷笑一声说："我是你八弟的鬼哟！"

高上尉忍住怒火，说："巧巧——不，八弟妹，有件事得和你商量一下，八弟何时下葬为好！你是他的唯一的亲人，一切都得听你的！"

巧巧骂了一句："去你妈的八弟妹！"骂了这一句后，她忽然静下来，将《前赤壁赋》读了一遍，又绕到后面，将《后赤壁赋》读了一遍。高上尉惶惑地问了几遍，问她想干什么，她都不回答。读毕回来，巧巧说："老八是抗日英雄，你们弟兄必须为他做七七四十九天佛事以后，方能入土安葬。”

老二一听急了，说：“巧巧，这热的天气，放上一天就会臭，放上两天就会生蛆的。”

巧巧说：“人死总要烂，总要臭，总要生蛆的，埋与没埋，对于他都是一个样。”

高上尉说：“这个且不说，那样长的时间，恐怕日本人早就打到黄州来了。”

巧巧说：“日本人来了，你们逃走就是，只要有我就行。”

高上尉见巧巧主意已定，一时说服不了，就拽上老二到问鹤亭里去商量。

依老二的看法，干脆将巧巧踢在一边，他们自己来张罗算了。高上尉不同意，弟兄们都知道巧巧是八弟的人了，话是他说出去的，就得算数，不然日后的命令谁还会听。

正谈着，老二忽然想起一个问题，说：“大哥，八弟死前将你心爱的女人要去了，你是不是有些恨他，才有意让巧巧胡作非为。”

高上尉立即正色道：“老二，这话可只能在你我之间说一次。你千万不能将大哥当作那小肚鸡肠的妇人。”

高上尉的眼光让老二产生了畏惧，他连忙说：“小弟有口无心，说了瞎话，大哥切切不要计较。”

二人又商量起八弟的丧事，最后商定，先顺着巧巧的意思，请东坡祠的三个和尚帮忙做几场佛事，其间再找机会说服巧巧，早点将八弟入土葬了。

商量好后，高上尉和老二就来找显空。

显空不在，佛堂里只有显虚一个人靠在椅子上打瞌睡。

高上尉喊醒他，问显空哪儿去了。

显虚正要回答，又戛然而止，改口说不知道去哪儿了。其实，他知道大师兄找程汝怀去了，他们想让程汝怀下道命令，将这伙溃兵撵出赤壁。

显虚说不知道后，高上尉和老二并不急于走，就在佛堂里和他拉起家常来。显虚不敢得罪他们，就硬着头皮陪他们。慢慢地，他察觉到当兵的是有事求他们。于是就猜，大概是要他们帮忙替那个死人做佛事。

果然，半上午时，大师兄回来后，高上尉将这话挑明了。

显空听后，沉吟半天，才说他们只是受派来这儿管理东坡祠的。苏东坡活着时与佛门来往密切，对佛门多有照应。所以佛家在他死后多年仍一直派人照料他的香火。显空说他们不能做佛事，不然归元寺会怪罪下来的。

高上尉求了半天，显空就是不答应，后来他和老二气冲冲地走了。

见佛堂里没有外人，显虚就问程汝怀那里情况怎么样。显空叹口气说，程汝怀也拿这伙人没办法，反劝他忍耐一时，就将这看作是为抗日做了贡献，出了力。

二人正在叹气，门外呼呼啦啦地进来一群当兵的，也不说话，几个人径直去抬那观音像。

显空慌了，拦又拦不住，便哀求地问他们想干什么。当兵的痞里痞气地说，天气太热，东坡祠里睡不下那多人，还占了一个角烧饭，只好将烧饭的一套都移到这儿来。显空说："这怎么行呢!"

显虚这时贴近他的耳朵，悄悄说了几句。

显空听后，连忙出了佛堂，往二赋堂找高上尉。

高上尉见到显空，便大声哭起八弟来。

显空心急如焚，见他哭得很动情，只好在一旁耐心地等。

高上尉越哭越起劲，见不到有停歇的迹象。显空正在焦急，老二在门口出现了。显空便将他拖住，要他快去制止。

回到佛堂，见显虚正和那几个当兵的在抢一件小东西。显虚显然是没抢到，情急之中打了一个当兵的，惹得那几个当兵的一齐将他按在地上，一顿好打。

老二见了，忙将手下的人赶开，再问是什么原因。当兵的回答说是显虚要抢他们在观音佛像后面找到的一颗石头。老二就骂他们什么金银财宝不好抢，却要抢一颗小石头。待手下的人将石头递过来给他看时，他也忍不住称奇。

老二将那颗小石头装进自己的口袋，回头对显空说："这种东西肯定不是你们佛家的。”

显空心里明白，嘴里却说：“那是当然的。”

老二回头问当兵的：“你们干嘛要搬佛像？”

当兵的说：“那边住得太挤，我们想将炊事班移过来。”

老二说：“你们得听营长的命令，不能乱来。”

老二又回头对显空说：“我大哥也有难处，不能看着手下人受罪不管。你无奈，我们也无奈，不如作个无奈的交换。你帮我们八弟做几场佛事，我帮你们劝那些人别将炊事班移过来。”

显空知道这是他们设计好了的套子。可事已至此，他不得不硬着头皮往里钻。

显空稍作收拾，就去了二赋堂。

坐定后，才感受到有一股尸臭在四周弥漫。他强忍着念了一个时辰的超度经，中午吃饭时，他一口也咽不下。

显空喝了两口水，忽然觉得一阵恶心，便唤过显虚，要他下午先替自己一会儿。交代完毕，显空便去佛堂静修。

不知过了多久，外面响起一阵嘈杂声。跟着老二闯进来，大声说：“小和尚的道行太差，一上场就晕倒了，还是你亲自出马吧！”

显空起来，先去禅房看了显虚，并问明显虚是被那尸臭熏倒的。

显空再去二赋堂时，才知几个时辰里，那尸臭更厉害了，连高上尉这样极讲兄弟情分的人，也不得不用毛巾捂着鼻子。显空刚一坐下就感到胃里面有东西往上涌。显空以前在归元寺时，听住持和尚讲过做佛事的各种情形，其中就有夏天如何克服尸臭，住持说，修行好的，可以将臭变香，可以用一团香气罩住自己。显空想试试自己的道行到底如何，便极投入地诵起经来。一遍经刚念完，二遍经只开了个头，一团秽物从胃里冲上来，喷得满地都是。

高上尉和老二将他架出来时，他直摇头说不出话来。

显虚这时恢复了一些，从禅房里慢慢踱出，端了一盆凉水将显空全身擦了一遍。

显空缓过气来，说："这人一定是个十恶不赦的坏蛋，不然菩萨不会这样待我们，让我们的名声全丢光了。"

显虚说："不一定全丢光了，还有二师兄没试，他说不定能替我们挽回局面。"

显空说："那你快去叫他回来。"

显虚朝高上尉要了一匹马，骑着去了豆腐店，将事情原委全和显无说了。

显虚本想借机在豆腐店里泡一阵，哪知显无听完他的话后，二话没说，抱着他跃上马背，合骑着马跑回赤壁。

显无回到赤壁时，正是虫鸟啁啾，黄昏如织，夕照之中，显无一身金碧，迎着恶臭，他一合掌，驻足俯首，念了一声阿弥陀佛，再向前走时，飘拂的僧衣下出现了一阵凉风。

显无来到二赋堂，别人都远远地站着，唯他能独自端坐堂前，手敲木鱼，嗡嗡地诵起经文。

显空这时挣扎着来了，看见如此情景，就颤颤地叫：“师弟，若是不行，千万别勉强！”

显无没有理他。

天黑后，溃兵们开始喝酒吃肉，显空和显虚什么也不想吃，远远地看着显无。

这时，有一阵凉风吹来，显虚吸了一下鼻子，说：“哪来的香气？”

显空也闻到了，说：“怪，这附近又没有花草，怎么这样香？”

二人说话时，高上尉也来了，身后跟着的巧巧，连声嚷道：“好香！好香！比雪花膏还要香！”

显空心里猜测，是不是显无在发功，嘴里却不说。

这香气一起，尸臭就渐渐消失了。

大家走到二赋堂，才明白那股异香果真是显无身上发出来的，都免不了称奇。

显空心里却暗暗难受，他没料到显无的道行比住持说的那境界还要深一层。

显虚忍不住悄悄说："若是归元寺知道二师兄的道行这么深，不知道会怎么提拔他!"

显空漠然地说："你受戒才几天，懂什么深呀浅的!"

显虚不再吱声。

这时，溃兵们都来看稀奇，将二赋堂挤得满满的。

高上尉借机大声说："三连副为了抗日慷慨捐躯，感动上天，特派高僧来为他送葬，这既是他本人的造化，也是大家的造化。"

老二补充说："我早说过，大家跟高营长走，绝对不会吃亏!"

正说得高兴，巧巧冷不防插进来说："老八他人贱，享不了这福。我不敢给他做四十九天佛事了，今晚就让他入土安歇。"

老二气极了，骂了声："你这臭婊子!"

高上尉拦住他，向巧巧说："四十九天是不行，三天行么?"

巧巧说："除非你再宣布我不是老八的人，不然就得今晚安葬。"

见高上尉没反应，巧巧一把抓住显无的衣领，一边拖一边说："老八的事你不用管了，你走吧!"

显无怕她也像那些妓女那样待他，就没有抗拒，站起来说了声："施主得罪！"

显无话音刚落，那股恶臭又铺天盖地而来。

葬完八弟，高上尉虽然了却一桩心事，但又多了一桩心事。

天黑前，他让老二带弟兄们去长江里洗澡，老二说自己肚子疼不能去。他就自己带人去了。一路上心里直蹊跷，老二过去从来不是这样，他独自留下，是不是在打巧巧的主意呢？高上尉于是决定半路折回去。他悄悄地回到二赋堂，果然听见老二在和巧巧说话。老二要巧巧嫁给他，说只要她点头，别的一切他自有安排。幸好巧巧不同意，说她要为八弟守寡三年，再考虑别的男人。老二说了许多哀求的话，甚至提到他高上尉，说他的心是铁打的，要巧巧别死心恋着他，他说过的话是不会改主意的。高上尉听到老二将一件什么东西送给了巧巧，说这是从和尚那儿抢来的。巧巧则惊喜地说怎么和尚也藏着这种东西。老二说了句天下最好色的是和尚后，屋里就有了动静，是两个人在扑打。打了一阵，老二大叫一声，说你这么狠心抓我的脸，叫我怎么出去见人。巧巧说，你再惹我，我就将你的卵子抓破了。

老二慌张退出来时，高上尉躲到一边去了。弟兄们还没回，高上尉听到东坡祠里有人说话，就踱过去。

显空自显无在二赋堂做佛事显出真功以后，心里一直不顺畅，以显无的这身功夫，归元寺地界内是无人可以相比的。自己苦心修炼这多年，可怜连显无的十之一二也不及。他心里闷得很，脸上却装作无事一样。见溃兵们都去长江里洗澡，东坡祠里空了，他就叫上显无、显虚一齐去看看。

东坡祠里空无一人，禅佛宏虚。深处里，往日很辉煌的苏东坡塑像，变得很凄苦，一根竹竿搁在塑像头上，竹竿上晾着许多脏衣服。被打碎的塑像嘴巴，露出一堆黄泥。

显空禁不住叹了一声："诗可相酬，酒可相酬，苏先生你怎么又落到了这种地步！"

显虚则说："秀才遇上兵，有理说不清。大师兄心放宽些，别替古人担忧。"

身后忽然有人插进来说："说得好！文人空谈误国，祸根之舌，失去了有什么可惜的！"

显空听了立即反驳："武夫血肉相搏，都因为心欲邪恶，施主何不洗心革面！"

高上尉一时接不上茬。

显空继续说："世事是什么？譬如这尊苏东坡像，眼睛看到的是它的颜色，手摸着感到的是它的软硬，敲它再听出它的声音，佛像就是由这些因素凑起来的，让人认为有尊佛像存在，而实际上并非是完全的真实。人也是这样，它只是因色、受、想、行、识的聚合，由血肉骨头思想感情等凑成的，所以人也是不真实的。而颜色、软硬、声音是因所谓佛像需要而派生的，血肉、骨头、思想和感情是要制造所谓人而生成的。佛像不真实，人不真实，它们还会真实么？所以佛是真实的，佛像是不真实的。涅槃是真实的，人生是不真实的。”

显空这一大通话其实是说给显无听的。所以，说完后，他直朝显无看。

显无脸上木无表情。

高上尉说：“如此看来，我可以将这塑像踢成粉碎。”

显空说：“不可，你不可以毁它。”

高上尉说：“我读过一本叫《五灯会元》的书，上面记载，唐朝时，一位叫天然的和尚，曾在一个寒冷的早晨，用斧头劈开木雕佛像当柴，烧火取暖。”

显空说：“天然可以如此。因为他心中有佛，佛便长存。你心中没有佛——”

高上尉抢着说：“何为心有佛？禅宗六祖慧能为了达摩始祖袈裟，曾三次受到佛门弟子暗算。死后虽全身胶漆并用铁甲裹住头颈，仍被同宗弟子派刺客取去头颅——如此心佛又在哪儿呢？”

显空说：“施主话中已很明白了，难道心中还不明白！”

高上尉见辩不过，就开始说浑话：“那么，那天夜里，不知哪位高僧隔窗偷听男欢女合之事，也是因为心中有佛么？”

显空想了想，记起那夜显无逃命在外，就怀疑是显虚干的。他说：“谁胆敢做这种犯戒之事，赶快招供，不然我就向归元寺报告了。”

显虚额头上一层层冷汗直往外冒。想说出来，舌头又呆呆地不听使唤。

一直没作声的显无，这时轻轻地说：“心中有佛，不说自明。心中无佛，说了也无用。佛既在心中，自然会时时和他理论！”

显空点点头，返身指着苏东坡像后的一摊水渍说：“你的部下太不像话了，太辱没斯文了，怎么可以将尿撒在东坡先生身上呢！”

高上尉放纵一笑，说：“这是尿么？这是龙虎汤呢！依我看来，这些文人多尝点大有好处，添些军人阳刚，文武双全不更妙么！”

显虚说：“照这个道理，当兵的是不是也该喝点文人们的‘斯文汁’呢？”

高上尉被这话噎住了。

显空皱着眉头说：“太谬！太俗！”

高上尉说：“又要你那个涅槃了，涅槃那么真，那么美妙，你怎不涅一回槃给大家看看？”

显空说：“涅槃确为人生最高境界！”

高上尉说：“可军人死于枪下最痛快。”

显空想了好一阵才说，“空口难评，佛俗两门，文武各家，各派一个代表就此比个高低怎么样?”

高上尉阴阴一笑说：“你是不是想来个一石双鸟!”

这时，老二慌慌张张跑进来，见了高上尉后，吁了一口气，说：“大哥，你怎么跑这儿来了，弟兄们洗完澡后，找不见你，还以为你掉进长江淹死了呢!”

高上尉说：“是不是有人盼我死?”

老二说：“大哥你说的是什么话?”

高上尉说：“你别多心，我是说这群和尚。”

早上，显虚去拿豆腐时，被王老板冷言冷语地奚落了一顿。他听出来，水桃将那天早上的事告诉父亲了。王老板将几块馊豆腐装进竹篮里，他也不敢吱声。

因为几个妓女住在二赋堂，显空早上不能去练字，做完功课后，就抱着一柄扫帚满地扫垃圾。溃兵们什么都不讲究，屎尿到处拉，脏东西到处扔，特别是那啃剩下的肉骨头，让他扫也不好，不扫也不行。

显虚回来时，显空还没将地扫完。

见了显虚，他忙说：“你去将显无叫来，将这剩下的一块地方扫了。”说着就去一旁躲避起来。

显虚知道轮不到自己叫二师兄做事，他就故意提着豆腐进了佛堂，对显无说：“这豆腐馊了，我去换一换。大师兄叫你去将我没扫完的那地方扫完。”

显无放下经书，走到院子，一点也没犹豫，三下两下就将那些肉骨头扫得干干净净。扫完肉骨头，他舀了一盆水，净净手后又继续读经书。

显空在暗处看着这些，不由大吃一惊，一个上午都在嘟哝：“佛在心中！心中有佛！”

中午吃饭时，显空一咬豆腐，见是馊的，就骂显虚。显虚开始没作声，后来见显无没知觉一样只顾埋头吃饭，就大着胆和师兄顶嘴。

他说：“我怎么知道豆腐馊了。要骂只能骂王老板和水桃。”

显空说：“豆腐是你拿回来的嘛！”

显虚说：“从明天起我不拿了，行么？仍让水桃往这儿送。”

显空说：“不拿才好，免得再吃馊豆腐。”

豆腐馊了又不能倒掉，怕犯戒，他们只好硬着头皮吃。他们说话时，显无已吃去多半，剩下的他俩对半分了。

饭后半个时辰，显空忽然肚子痛了起来。痛得很厉害，念经也止不住。

显虚忙去找住在东坡祠的军医。可军医不敢随便给外人看病，得高上尉下命令。

从失去巧巧以后，高上尉心里一直很难受，那天又偷听了老二的一席话，更是痛苦不堪。他不知道老二会背着他做些什么安排。这几天他常常独自一个人跑进黄州城，坐在一家名叫乐醉的小酒馆里，让半斤老酒在腹内翻江倒海舞龙腾蛟。老二也不阻拦他。今天上午快十点时，老二见他往外走，依然没说什么。把兄弟当中，过去他最喜欢八弟。在徐州时，他带人抢别个部队的军火。被查出来后，八弟将担子一肩挑了去。他当着宪兵队人的面，假装枪毙八弟，亲手朝他右胸开了一枪。八弟没死，他也躲过了这场灾难。八弟这回真的死了，他的确很伤心。

高上尉在乐醉酒馆喝完半斤酒，起身往外走到酒馆后门撒尿时，看见小巷内，一个极美丽的姑娘，捂着脸匆匆跑了过去。高上尉叫了一声什么，提着裤子追了上去。那姑娘跑得很快，像只彩蝶，高上尉总也捉不住她。

显虚进城找了几家酒馆也没找到高上尉，正焦急时，水桃迎面跑过来，嘴里直叫："显虚师傅，快救救我。"

显虚一看后面追来的正是高上尉，想上去拦又有些胆怯，情急当中，他大喊一声："立正！"

醉醺醺的高上尉听到口令，猛地一怔，好不容易站住了。

显虚又喊:“向后转——齐步走!”

高上尉按着口令，乖乖地转过身，顺着来路往赤壁走去。

显虚以为水桃会感激他，扭头一看，水桃早已跑得没影了。

显虚跟着高上尉一直走回赤壁，然后对那军医说:“我把你们营长送回来了，你总该给我师兄看看病吧!”

军医见推不掉，就给显空瞧了瞧。其实，就是那馊豆腐的原因，显虚年轻，显无功夫好，抗得住。显空年纪大功夫又差，就发了病。

太阳下山时，老二在院子里大声吆喝:“集合! 到长江洗澡去!”

当兵的扔下饭碗一个个随他去了。

院子里一下子空旷起来。地上的肉骨头显得很刺眼。一只野狗从什么地方蹿出来，扑在一块肉骨头上呜呜地咬着。

显空在屋里听见狗叫，就叫显虚去赶。显虚正在洗澡，只穿了一条裤衩，他见院子里一点动静也没有，就懒得再穿衣服，拿上一支木棒冲出门去。

那狗见势不妙，叼起肉骨头，跑到二赋堂那边去了。

显虚找了一圈没找着，正要再找，后门里闪出巧巧。巧巧刚洗完澡，只穿着一条很薄的裙子，往门上一站，两只黑黑的乳头隐隐可见。

巧巧说："小师傅，帮我将洗澡水泼了，行么?"

显虚不知怎么回答。

巧巧又说："你这脸是怎么搞的?别人瞒得了，可瞒不了我。你这是叫女人咬的。"

显虚不敢抬头。

巧巧声音更动人了。她说："我这里有一件东西，你想看看么?"

显虚偷偷用眼角睃了睃，见正是那颗赤壁石。他听到巧巧叫他过去，心里没反应，脚却挪了过去。

显虚刚一进门，巧巧整个身子就贴了上来。他感到自己整个身子像是在火里烧熔了一样，然后，他疯了似的，哗地将巧巧的薄裙子掀下来，双双跌倒在床上。

巧巧一边快活地笑，一边教他如何动作，嘴里还不时叫一声："你真是童子金刚身呀!"巧巧越叫，显虚越来劲，如同外面的阵风，身上有股彻骨的舒适。

就在高潮久久不能跌落的时候，有人一脚将显虚从床上踢下来。

老二大声骂道："你这小杂种，比老子的胆还大，老子一枪将你的'无花果'敲下来。"

显虚像是从梦里醒来，光着屁股不知怎么办才好。

巧巧从床上坐起来，边穿衣服边说："老二，这不关他的事，有什么就冲我来。”

老二说：“那好，我求你多时你都不答应，为什么要和这小和尚偷情？未必我连小和尚都不如！”

巧巧说：“你和老八是拜了把子的，和他不一样。你若不怕对不起老八，那你现在就来吧，免得我穿衣服。”

老二愣住了。

巧巧说：“老二，怎么不来，我等着呢！”

老二说：“你别老二老二的，你不是大哥的人了。你是老八的人，你应该叫我二哥。”

巧巧说：“是么，老二！二哥！”

老二说：“我不和你缠，我单找这小杂种。”

说着，就张开手枪的机头，对准显虚。

显虚这时已镇静了些。他说：“长官，别急！你若放了我，我可以帮你成全一件好事。”

老二想了想，便问他是什么事。

显虚就将下午在城里碰见高上尉追赶水桃的事说了。老二当即来了兴趣，要为高上尉成全这一段姻缘，就催问水桃的住址。显虚要老二答应放了他，并不能将他和巧巧的事说出去。巧巧在一旁插嘴说以后不许再管他们的闲事。老二都答应了。显虚就说了豆腐店的字号。

老二连忙出门去喊人，准备当晚就给高上尉成亲。

老二一走，巧巧又要显虚上床。显虚身上没劲了，刚好那只狗在门口出现了，他连忙说：“等一会儿，我先去将狗撵走，不然师兄会骂人的！”

老二要军医给配点春药。军医装糊涂说不知怎么配。老二就骂他，说他知道高上尉娶巧巧时，那春药就是他配的，不然巧巧会那样轻易上高上尉的床？军医还是不肯。老二火了，说他是替高上尉办事，高上尉今天晚上若成不了亲，他就要砍军医的脑袋。军医这才没办法，配好药后，趁黑跟着老二以及另外几个弟兄进了城。

豆腐店里只有水桃一人，王老板出去讨账还没回来。

老二对水桃说，这一阵日本人的飞机到处扔细菌弹，城里的人都得打预防针。

水桃信了，伸出嫩嫩的手臂让军医戳。

军医将一针管药推完后，水桃就变了个人。笑声颤颤地直往当兵的怀里钻。

老二忙说：“姑娘别急，快跟上我们，我们负责给你找个如意郎君。”

老二一丢眼色，两个弟兄上来架着她的胳膊就往外走。

高上尉睡得要醒不醒时，听到老二在身边唤他。他睁开眼睛问有什么事。

老二说："你要做新郎官了，还问我呢!"

高上尉说："老二你别捣我的鬼!"

老二听出这话里还有话，就忙将事情原委都和他详细说了。

高上尉半信半疑地走到二赋堂后面一看，果然有一个比巧巧还年轻漂亮的姑娘坐在床前，见他进来，水桃羞答答扑到他怀里。高上尉顿时将一切都抛到脑后，两条手臂像铁箍一样紧紧搂住水桃。

这时，外面响起空袭警报。

高上尉推了一把水桃没推开，他急着说："日本人的飞机来了，赶快找地方躲一躲。"

水桃一点反应没有，只管用双手搂着他。

高上尉正在挣扎，老二在外面说："大哥放心，日本飞机是路过这儿去炸汉口。"

高上尉这才放心上床。

高上尉渴了一阵，又碰上水桃是未开苞的姑娘，便格外卖力气。完事之后，人瘫得像一团泥，很快就睡了。

高上尉占了巧巧的床，气得巧巧跑出了赤壁。老二以为她和显虚在外面约好了地方见面，就没有在意。

显虚听说后，忙出去找。

找了半天没找着，返回时，半路上碰见了巧巧。问清楚后，他吓了一跳。原来巧巧跑到王老板那儿报信去了。在王老板那儿她听说程汝怀平时最爱吃王家的豆腐，又和王老板一齐跑到程汝怀那儿告状。

巧巧和显虚刚进赤壁大门。王老板和程汝怀派来的一个姓汪的科长也到了。

程汝怀也怕高上尉那一溜大炮小炮，要汪科长妥善处理。汪科长来后，先不急于见高上尉，而是和显空他们商量。商量好后才去敲门。

高上尉被敲门声惊醒后，听见水桃正缩在床角上哭泣。他说："你别哭，等会儿再给你打一针就好了。"他穿上裤衩，又说："保准你又像水蛇一样死死缠着我！"

高上尉开了门，见是显空，不由得一阵火起，他讥讽地说："你们这些和尚，光听窗还嫌不够，如今又想来体会洞房之乐。那好，我告诉你们，这么摄衣而上，履巉崖，披蒙茸，踞虎豹，登虬龙，攀栖鹘之危巢，俯冯夷之幽宫，划然长啸，草木震动，山鸣谷应，风起水涌——赤壁之游乐乎，可惜你们这些僧客不能从焉！"

显虚见高上尉将苏东坡的锦绣文章叙述得这般色欲横流，不由得连称："罪过罪过。"

高上尉说："我不信佛。快说你来干什么？"

显空说："蒋大施主令你们不许骚扰百姓，若有犯戒者，该当何罪?”

高上尉说:“奸淫掳掠者,当斩不赦!”

显空说:“说得好!”

显空好字一出口,王老板和汪科长等几个人拥了进来。水桃一见父亲,顿时哭成一个泪人儿。

王老板护着女儿说:“你这强盗,我要杀了你,吃你的肉,喝你的血。汪科长,你可要代表程主任为我女儿做主呀!”

这时闻讯赶来的老二出面辩护说:“我们没有强迫你女儿,是你女儿自愿的。”

王老板说:“别以为我们不知道,你给我女儿打了针,是春药!你这吃人不吐骨头的家伙。”

王老板举起女儿的手臂,说:“看,针眼!针眼还在!”

老二说:“那是让蚊虫咬的!”

水桃哽咽地说:“你们打的针。刚才他还说要再给我打呢!”

汪科长说:“程主任已知道了,他还知道你们做事不是第一次。国有国法,军有军规。不过这事还是你们自己解决为好!”

高上尉站了半天才说:“我醉酒了,这事全是下面弟兄操办的,我还以为是明媒正娶呢!只是目前国难当头,无论罚他们还是罚我自己，都将失去一个抗日志士，不知能否让我戴罪立功?”

显空说：“施主不知读过《唐书·崔祐甫传》没有？唐代宗时，在甘肃一带驻守的朱泚军中出现猫乳鼠的奇事，代宗以为是祯兆，要公开庆贺。崔祐甫当即以猫乳鼠乃是失其性而力谏，阻止了此事。”

高上尉说：“我记得清代沈起凤的《谐铎》里，曾记载，说有一只终日憨卧，喃喃呐呐，像吹一只佛号，视鼠而不见的念佛猫。”

显空说：“前世因，今世果；今世因，来世果。猫因鼠果，鼠因猫果。各有各的玄机。军人为国家栋梁，能擎西天之倾，填东海之陷，全靠一个纪律。知过而自裁，过不为过。知过而赎过，得过且过，知过犯过，则大过弥天，谁也宽容他不得!”

高上尉踱了几步，扭头吩咐老二集合队伍。

汪科长当他要闹事，说：“高营长，你可知道，黄州城有两千军队供程主任调遣!”

高上尉不理他。

不一会儿，老二就将队伍集合好了。二百多人，一个个荷枪实弹，浑身的杀气。

高上尉走到队伍前，沉痛地说：“弟兄们，高某人这一生什么都享受过了，就差不知死是红的是黑的是高是矮是胖是瘦？是三天三夜睡不过瘾的黄花姑娘？是七天七夜砍不断颈的麻脸好汉？我这就去那边看个究竟。我不在时，你们一不要为难这些和尚，二不要骚扰黄州百姓，有事都听老二的！”

他说完后，就举起手枪对准自己的太阳穴。

士兵们一齐吼起来：“营长，你不能死！”

溃兵们的吼声雄壮得很。

老二上去一把夺过高上尉的手枪，说：“这事怨不得大哥，都是我瞒着大哥操办的，该罚该杀，由我来代大哥受过好了。”

说着，他倒拿手枪，飞快地冲着自己的右胸开了一枪，然后扑倒在地上。

水桃不甘心，指着高上尉说：“不！我要他死！”

汪科长说：“谁死都一样。行了，就这样吧！再死人，程主任也不会答应的。”

王老板和显空他们被老二弄得不知所措。又见溃兵们那副凶神恶煞的模样，就一齐劝水桃就此罢休。

这边，溃兵们在军医的指挥下，忙着将老二抬进二赋堂。

高上尉心中有数，装出样子，愧疚地将汪科长一行送出赤壁。

送走汪科长，高上尉感到裤裆里涎乎乎的，正要去找水洗一洗。有人跑过来报信，说老二不行了。

高上尉赶到二赋堂时，军医正将一块白布往老二脸上盖。

高上尉不相信，不久前，在徐州老八不是用这个法子活过来了么。

他问："老二怎么了?"

军医说："他的心长得不是地方!"

高上尉不理解。

军医说："大家的心都在左边，可他的心不知怎的跑到右边去了。"

高上尉大惑不解。

军医说："这是天意，没法子的事。"

高上尉突然大吼一声："你懂个屁!"

夜里，高上尉再也无心睡觉，老想着一个问题：程汝怀怎么会知道他对女人用春药的事呢！他将夜想穿了也没想出个答案，却想出一个替老二报仇的办法来。

天明后，他听到院子里有扫地的声音，就开门出去。

显空见了他，主动说："施主要我们帮忙做佛事么?"

高上尉说："我不愿看这出猫哭老鼠的戏。"

显空念了几句经，不和他说了。

高上尉仍说："高僧前几天不是要与我们比个高低么！明天怎么样。你们只有三个和尚，留一个做见证，正好你们出两个，我们出两个，二对二！看看到底是你们佛涅槃而终幸福，还是我们武将饮弹身亡痛快！”

显空说：“一对一便可。谁输了谁立马离开赤壁。”

高上尉扭头欲走。显空在背后说：“只怕显无不同意。”

高上尉说：“我自有办法逼他出马。”

两只蚊虫在佛堂里盘旋一会儿后，一只落在显无的耳朵上，另一只落在显无的脸上。显无专心涌经，丝毫不在意。

蚊虫的肚子慢慢胀大起来。

显空走进佛堂，正要和显无说话，一眼看见两只蚊虫，便止住不说，轻轻走上去，噘着嘴准备朝那蚊虫吹一口气。

显无忽然说：“别动它们。”

显空只好停下来，看那蚊虫如何地吸血。

蚊虫终于吸饱了，从耳朵上飞起来，通体涨得红彤彤的，就像一架日本人的轰炸机。另一只蚊虫太贪了，吃得过饱，想飞时，翅膀力不够，一下子从显无脸上跌下来，掉在地上。

显空叹口气，蹲下去小心地将那只蚊虫弄到手心，然后放到窗台上去。

显无仍在一心诵经。

显空觉得那话太难说出口了，犹犹豫豫地几次欲言又止。

忽然，显无放下经书说：“师兄找我是不是有事？”

显空不好回答，推说："没事。我找显虚。"

显无说："若有事就直说好了！"

显无越这样说，显空越是没勇气。正好这时显虚从门外进来，他就大声说："你又去哪儿了，怎么不好好跟二师兄学诵经？"

显虚说："我和高营长说话去了。他还让我捎信给你，要你别忘了昨晚许的诺。"

显空说："我的事你别管，你别老往当兵的那儿凑，别让那几个女的破了你的道行！"

显虚说："不会的，我怎么敢忘记大师兄你的教诲呢！"

显无开口说："师兄，你朝那当兵的许了什么诺？"

显空很沉重地说："师弟，我没同你商量就和那些溃兵打了赌，只要我们赢了，他们就马上离开赤壁。"

显无说："赌什么？"

显空说："涅槃。"

显无说："一对一是不是？"

显空说："是一对一。"

显无说："让我上？"

显空说："我禅性不及你，愧为师兄。为了佛门免遭羞辱，唯有师弟你上阵才行。"

显无听后淡淡一笑，什么也没说，就闭上眼睛合上掌，不再理别人。

一整上午显空的心都静不下来，他隔上一个时辰就去问显无，可显无一个字也不说。弄得显空中午的斋饭吃一点就放下了筷子。

饭后，显空要显虚去和高上尉说说，看那个赌能否取消。

显虚去找高上尉时，高上尉正准备午睡，听显虚一说，高上尉就让他给显空捎个信，说他有办法让显无答应出马。

高上尉说着就去了东坡祠。

此时，二赋堂里没有别人，妓女们都去江边放龟亭嬉闹去了，显虚听见二赋堂后面有动静，就猜是巧巧。

他绕到后面去，巧巧正一个人玩那块赤壁石。

显虚叫了一声巧巧，跟着就扑过去，并将手往她衣服里面塞。

巧巧一把推开门，站起来走到一张桌子后面。

显虚说："巧巧你怎么啦？"

巧巧说："我没想到你是这样一个人，为了自己竟将水桃出卖了。"

显虚说："我也是为了我们两个人。"

巧巧说："你虽是童子身，可心早就是婊子样了！"

显虚说："你骂我，菩萨不会容允的。"

巧巧说："我就是要让菩萨知道。"

显虚没趣了，想走。刚跨过门槛，巧巧在背后叫：“显虚，你太让我伤心了！”说着就流了眼泪。

显虚跑回来，正想再抱她，外面传来妓女们的哭声，显虚在她耳边轻轻地说：“下午你到赤壁山上等我。”

说完，显虚从后门溜走了。

显虚看见高上尉站在院子中间的一块树荫下，一个人在那里发笑。正想问，又发现另一棵树荫下站着显空。他装作没注意，低头往禅房里走。路过佛堂时，见里面有人打闹，他禁不住进去看看。

显无端坐在蒲团上一动也不动，就像什么事也不知道，一任溃兵们为所欲为。

显虚回头望了望显空，发现那棵树荫下已没有人了。他忍不住心里嘟哝：大师兄和二师兄今天是中了什么邪？

显虚无所事事，捱到太阳偏西时，他见巧巧往赤壁外面走。正要跟上去，佛堂里显无低低地唤了他一声。

显虚去见显无时，显无对他说：“你今天哪儿也不能去，就在佛堂里待着。”

显虚正想辩解，显无又说：“你身上有色气，弄不好会有杀身之祸。”

显虚顿时出了一身冷汗。

这时，一群当兵的将老二的尸体抬进佛堂。为首的说：

“我们副营长也是菩萨了，你们就一齐供着吧！”

显无说了声阿弥陀佛，又在蒲团上坐下不作声。

老二的尸体就放在显无和释迦牟尼像之间的一张太师椅上，脸色白得瘆人。

显虚心里恐怖得很，加上又惦记着巧巧，他以为显无发现不了，就悄悄往门边溜。

显无忽然回过头来，说：“你大师兄呢？”

显虚忙说：“不知道去哪儿了，要我去找他么？”

显无说：“不用找，我心里都知道了。不过，现在你可以出去转转。”

显虚出了佛堂赶紧往赤壁山上跑。

刚到赤壁大门，巧巧迎面来了。

巧巧说：“你去哪儿了，我等你半天。”

显虚说：“我被二师兄扣住了。”

巧巧说：“山上一个人也没有，差一点将我吓死了。幸亏后来在山顶上碰到一个当兵的，可我又怕他起歹心，就在一旁躲着。那当兵的也奇怪，将一面镜子放在那儿，也不知是照星星月亮，还是照太阳。摆来摆去的，弄了半天。”

显虚说：“是奇怪，他一个人在那儿干什么呢？你认得出他么？”

巧巧说：“怎么不认得，他就是高营长的马夫。”

显虚说：“这事你得快点和高营长说。”

巧巧找着高上尉，说到镜子时，高上尉吓了一跳，说：“这狗日的是在给日本飞机指路呢！”

高上尉亲自带人将那马夫抓了起来，一审问，果然是个汉奸。

马夫说，日本飞机近日要轰炸黄州，不知为什么，又怕炸了赤壁，所以才叫他用镜子指示一下。

高上尉立即派人将情况告诉了程汝怀。

他暂时不杀马夫，只是将其捆在院内的一棵树上。

天黑后，显无仍没有答应。

高上尉一声令下，几个当兵的，将那几个妓女的亵衣秽物全都搜出来，跑到佛堂，准备将它们挂在那些佛像上。

显无忽然睁开眼睛说了声：“善哉！善哉！”

显虚明白显无这是接受高上尉的挑战了，连忙跑去告诉显空。显空高兴地说：“这下赤壁有救了。”

第二天，太阳出来不久，两架日本人的飞机从东边飞过来，扔下许多炸弹，炸得黄州城哭号声响成一片。

赤壁这边却异常地安静。

显无一脸坦然，坐在蒲团上像一尊佛像。

高上尉坐在太师椅上，安逸地品着茶。听着那马夫不时号叫着饶命，嘴角挂着几丝轻蔑的微笑。

一只野狗从院子中间匆匆跑过，沉重的长舌极像那灼人的太阳。天空唯有不见边际的红色欲火。长江流淌着没有血性没有血色的血液，穿过如胸膛宽阔的平原，如头颅耸立的山巅。问鹤亭里一只麻雀在孤独地叫着，挹爽楼前绵缠的翠竹和蔓柳，不管有无风吹过，都是那么浪荡。而苍老的留仙阁则于清心寡欲中幸灾乐祸地盯着绿荫与骄阳的消长。

高上尉有些坐不住，他站起来，走到马夫跟前，用手枪对准马夫的额头。

他说："我枪毙了你!"

马夫脸上顿时没有一丝血色。两眼直盯盯望着枪口。

高上尉一扣扳机，枪竟没响。

马夫吓了半死。

高上尉说："逗你玩的，还不到时候呢，我枪里没子弹。"

他将弹匣下给马夫看，果然没子弹。

显无没有听到这些，悄无声息地如同梦里行走在蔚蓝天空和翡翠大地，又像远山上翻飞的洁白鸽群和旷地里扶摇的无色风筝。

高上尉坐了一会儿又不耐烦了。

他当着马夫的面从口袋里摸出一颗子弹，装进枪膛，说："这回可是真的。"

马夫见他举枪，极恐怖地叫起来："营长，你饶了我吧，来世我愿给你做牛做马！”

高上尉说：“什么人都可以饶恕，就是不能饶恕当汉奸的！”

高上尉将枪口塞进马夫嘴里，一拉机头，接着就开始扣扳机。枪仍然没有响。

马夫裤裆里吓出屎尿来了。

高上尉说：“你运气好，这是一颗臭弹！”

马夫有气无力地说：“营长，给我来颗真的吧，我受不了了！”

高上尉立即扭头对一旁的显空说：“怎么样，见识了军人的威风吧！”

显空没有说话。

黄昏时，一团虹霞从显无头顶天池中喷薄而出。显空和显虚情不自禁地匍匐下去。等他们抬起头来时，蒲团上的显无已经圆寂了。

显空心里诧异万分，他强忍着不露声色，回头对高上尉说：“现在该看施主的表演了！”

高上尉不说二话，抬手一枪，将马夫击毙了。

显空一愣后，有些释然地说：“施主不敢比试，认输也罢。那就请你马上带人退出东坡赤壁，并且永远不再犯境。”

高上尉冷笑起来，说：“高僧太高，不解凡尘。对于军人来说，死了就是输，不死才是赢。譬如今天这汉奸，前天的老二，还有楚霸王项羽，谁会认为他们是赢家呢?”

显空非常生气地说：“出家人不打妄语!”

高上尉拖长语气说：“当兵的却是——兵不厌诈!”

高上尉说完，让手下扛起太师椅，扬长而去。

显空忍不住扑到蒲团前哭起来，说：“师弟，我对不起你，我上了当兵的当，白费了你几十年的苦苦修行!”

显空哭了整整一个傍晚。

显虚也很气愤。却限于身份，不好放声大骂。只是小声在巧巧面前将高上尉咒了几句。

巧巧说：“其实他不仁，你们可以不义嘛!”

显虚说：“怎么不义?”

巧巧说：“三国时，这儿不是有火烧赤壁一仗么?”

显虚说：“那仗不是在这儿打的。这儿是文赤壁，打仗的武赤壁在蒲圻。”

巧巧说：“你听谁说的?”

显虚说：“都这么说。”

巧巧说：“管他文呀武的，要烧都一样烧。东坡祠尽是木头搭的，若是放上一把火，看这群溃兵往哪儿躲!”

显虚想了想说：“真亏了你想出这么狠毒的计谋来!”

巧巧说：“女人狠毒都是男人逼的。”

显虚想将这计谋说给显空。就凑到跟前去，装作给显无收拾衣物。他一扒弄，显空哭得更厉害了。

显虚小声说：“大师兄别伤心，我有个办法可以撵走这些当兵的。”

显空一听，立即不哭了，专心听显虚叙述。听完后，他沉思好久，最后终于咬牙点头答应下来。

半夜里，高上尉睡得正香，忽然被急促的钟声惊醒。睁开眼睛，只见外面一片火光。

显空则在院子里拼命地叫喊：“救火啰！快来救火啰！当兵的放火烧了赤壁啰！”

高上尉匆忙跑出去，只见东坡祠烧得像只火炉，不时有人焦头烂额地从火海里钻出来。

高上尉指挥人往火里浇水。浇了几桶，一点用处也没有。这时，高上尉冷静下来，细细分辨显空的喊声后，心里明白是怎么回事，他索性懒得去浇水灭火了。

大火烧到天明时才熄。东坡祠成了一堆炭灰。

高上尉的手下在这场大火中死伤过半，摆在院子里的小炮和山炮，也被别的军队借救火之机偷走了。

高上尉知道自己再也不能赖在赤壁里不走了。他将老二和别的死者与老八一起葬在赤壁山上，又将伤员送到城内的医院，然后带着人马悄悄地走了。

巧巧躲在山上树林中，没有和他们一起走，可她不能再住二赋堂了，她在黄州只认识豆腐店王老板一家。王老板念她那天报信之情，同意她与水桃做伴，住在家里。

高上尉走的第二天早上，显空又搬了纸墨笔砚去二赋堂练字。才写了几张纸，他觉得一点意思没有，扔下笔不写了。

吃过早饭，他叫上显虚到四乡去化缘，准备重修东坡祠。

天气逐渐转凉时，他们已收到许多砖瓦木料。

这时，形势异常紧张起来，到处都在传说日本人要打过来了。

八月底，鄂东行署的人全部搬离了黄州。豆腐店王老板也带着水桃躲到乡下去了。巧巧舍不得显虚，留在城里给王老板看家。

民国二十七年九月初一日，一队日本兵举着太阳旗开进了黄州城。

日本人进城后，一刻不停地到处骚扰。可是不知何故，却对赤壁视而不见，从未有人踏进大门半步。总是远远地一掠而过。

巧巧一个人在城里提心吊胆的，显虚就瞒着显空将她偷偷接到二赋堂里住。

到了九月半，月亮快圆的时候。赤壁里突然来了一个日本老头。

那天，显空和显虚正在院子里谈话。头天晚上，显空终于发现巧巧又住进了二赋堂，便要显虚将她撵走。显虚不同意这么将巧巧往火坑里推。自从火烧东坡祠以后，显虚不那么怕显空了。不时地总要和他顶几句嘴。两人正在小声争执，猛听见有人在背后念了一句阿弥陀佛。

显空回头一看，是一个挺和善的老头，连忙回了一个揖。正要搭话，忽然见显虚在一旁直努嘴，细看之后，才发现大门口站着一排日本兵。显空不免一阵慌乱。

这时，老头自我介绍说，说自己是日本佛教高僧日莲所创日莲宗的真传弟子，又是苏轼苏东坡的忠实信徒，是他下命令不许轰炸和骚扰赤壁的，他来中国的最大心愿就是要在赤壁里住上一阵，只要能了这个心愿，他愿意布施重修东坡祠的全部费用。

日本老头的中国话说得很好。

显空一直沉默不语，直到最后他才低声说了两个字："不行!"

日本老头并不在乎他，说："其实，我想到哪儿谁也拦不住。但有苏先生在此，我不愿强迫任何人。我知道你多年来一直在练习李鸿章写的这几个字。我们就此字各写一幅，谁写的好谁说了算!"

显空想起高上尉枪毙的那个汉奸，知道是马夫将一切告诉了日本人。

显空明白自己已无退路可走，就叫显虚将一应用具准备好。

日本老头去二赋堂时，刚好碰上巧巧在那儿梳头。巧巧不知道来的是日本人，一点也没回避，仅将一双好看的大腿叠起来，跷得高高的。日本老头却连正眼也没瞧一下，直直地盯着木板上刻着的《前赤壁赋》。

显空拼将全力写成一幅二赋堂匾，然后退到一边看那日本老头如何写。

看着看着，显空的脸就白了。

后来，日本老头一撂笔，得意地嘟哝了一句日本话。

两幅字摆在那儿，一眼就分得出优劣。

大家都不说话，巧巧走过来，扫了几眼说：“显空师傅，你可得好好跟这位老先生学一学哇！”

日本老头笑了起来，说：“显空法师，你说话可得算数啊！”

显空咬咬牙说：“我活一天，这话就算数一天。”

日本老头高兴地走了。

显虚这才责怪巧巧：“大家都不作声，你多什么嘴！”

巧巧听说这老头是日本人以后，气得直打自己的嘴巴。

显空回到佛堂静坐了半天。半下午时，他吩咐显虚将化缘来的木料，叠成一个柴垛。

显虚一个人忙到半夜，才将木料堆好。

夜里，月圆了，地上一片清纯。

显空焚香沐浴完毕后，出来对显虚说："我要去了。从今往后，这里的一切由你做主。你可千万别放那日本老头进来住。"又说，"都怪我走错一步棋，若是显无还在，就不至于落到如今这个地步。"

显空爬到柴垛顶上坐定后，显虚用火柴将柴垛点着了。

显空涅槃之后，巧巧就搬到禅房和显虚一起住。二人过得很快活。虽然没有日本人来骚扰，但显虚总怕万一出个什么事故来不及了。所以，有天夜里，他偷偷将睡熟了的巧巧的头发剪掉了。巧巧醒来后和他大闹了一通，只是因为头发已掉，闹过之后只好作罢，并索性让显虚将她化装成一个小和尚。

过了不久，那个日本老头又来了。

听说显空的死法，日本老头大吃一惊。

第二天，显虚独自进城，直到天黑才回。回来时，他很高兴，对巧巧说："日本人准备将赤壁重修一遍，还答应让我先在这儿当一年住持，过了明年就让我当归元寺的住持。"

巧巧说："那日本老头是不是要住到这里面来？"

显虚说："这又不是什么好地方，谁爱住谁就来住呗！"

巧巧说："你忘了大师兄的话？"

显虚说："别傻！日本人连南京、武汉都占领了，我能拦得住他们！"

巧巧不再说什么了。

夜里，两人上床后，巧巧百般风流地缠着显虚，将显虚一回回地弄得软了又硬，硬了又软。等巧巧一放开他，立即像死狗一样睡过去。

巧巧自己睡不着。她找出一根很结实的绳子，系了一个活套，将显虚的脖子死死勒住。然后她将显虚的尸体拖到大门口，吊在门框上面。

巧巧站在那儿看了看门顶上写的"赤壁之游乐乎"几个字后，从口袋里掏出那只赤壁石吞了下去，她痛得整个夜里都在赤壁院内打滚。直到黎明时，才慢慢死去。

第二天上午，日本老头又来赤壁，绕过那截红色的古长江岸，远远地看见显虚的身子垂在大门中央。他赶忙往回走，边走边摇头长叹。

1993.6.6 于黄州

大树还小

……那真是一种天籁之音，分不清是云载来的，还是风刮来的，是水漂来的，还是浪打来的。不知不觉中它就有了。无论是灵魂还是情愫都真切地感到了它的存在，无论是血液还是骨髓都实在地领悟到了它的流动。它一点也不声张，更不去夸张，当然也不是默默地悄悄地，就像你的倾诉贴着脸庞流上耳膜，并最终发出同心灵一起共鸣的旋律。它是那种看不见只能悟得到的歌唱。而这个世界上太多的歌唱只是让人看的，无论是佯作疯狂的摇滚乐手，还是顾影自怜的流行歌星，那殊途同归的煽情，除了一时的感怀与躁动，与心灵并无关系。如果此刻没有恩雅我又会如何？如果世界上没有恩雅世界又会如何？无论如何，世界与我都会继续存在，它们的区别是媚俗与圣洁。

你的声音是灵魂的战栗，是心灵的咏叹，你只愿说与我听，是因为你知道我是用相同的方式让灵魂和心灵倾听！只有这样，才能感悟到恩雅的歌唱是来自天堂。它是月光在九天之上的一种倾泻，它又是灵性在漆黑的天际中向前坦然地行走！我眼睛虽然紧闭，那圣光却一直在音乐中闪烁。它是那种春天里在溪流上放漂的河灯，也是那种冬季雪夜里在原野上寻觅的火把。看起来它只能照亮一点，它却是深沉地光耀着世界的要紧之处。你的心灵实际上也一直在歌唱，只是过去一直无人察觉。所以外婆才祈求她在转过街口就能遇上的那一位将我派到你的跟前。我很庆幸自己没有辜负？我领悟到了你的歌唱？……我无法区分哪是恩雅哪是你。实际上我也懒得去区分，因为恩雅的歌唱本来就是你的一部分。只要恩雅在歌唱，你就从我的灵魂里走进我的生命，或是从我的生命中走入我的灵魂。这样的走动会让心灵重新获得它渴求的感觉。……山里的风声，水里的流响，天上云朵相撞，地下群峰挤压，有十字架的屋顶下唱诗班正专注地望天赞美，没有十字架的旷野中人群低头用心灵祈祷，这是宇宙万物平常而由衷的声音。心在聆听，身在沐浴……我终于能安宁地睁开眼睛，漆黑的窗口竟射进一道亮光……领受着它的照耀，我忍不住嘲笑一切拦阻的徒劳。面对黑夜，我更会大声歌唱！

——NO. 061 书信

山坡上刮过一股北风，阴阴地携起不少看不见的沙子，冰凉地打在有生命有感觉的东西身上。秦四爹放的那头黑色黄牯昂起头朝天打了个响鼻。秦四爹不冲着牛说，他告诉我，黑色黄牯虽然老皮很厚，却还知痒知疼，知冷知热。这个下午，秦四爹对我说了这么一句话后，便什么也不再说，他默默地注视着山下的公路，每当拐弯处冒出一辆汽车或者是一台拖拉机来，他那像树根一样的几个手指中，总有一两个要颤抖一阵。秦四爹从昨天下午就开始唠叨，说自己感觉到那些家伙又要回来了。那些家伙是些什么人，他一直不肯对我说明，只说等他们来了，我就晓得。我以为是乡长带着一批干部下来弄吃弄喝，又以为是那些戴大盖帽，浑身肥得流油却仍要三天两头下来收这费那税的人，还以为是计生委的人来垸里抓那几个怀了三胎和四胎的女人。秦四爹没有摇头说一个不字，他对我的猜想的否定是从干涩的眼窝里迸出来的，落到地上时，砸得脚下的青石板直冒火星。

有一次，秦四爹突然说，“那些家伙不是家伙！”

我想了很久，也想不出这话的意思，只好认定这只是老人的一种情绪，并不是语无伦次。秦四爹这句话从嘴里流露出来时，很平静，绝对不是在骂谁，仔细回味，似乎还有一种怀念在里面。

太阳将山凹照得暖烘烘的，地上的茅草很厚，我几次想学秦四爹的样子躺在上面，却怎么也躺不下去。茅草上面很干，挨地的部分却是湿漉漉的，手一抓就是一把水，极少处还能找见不久前那场大雪的残骸。秦四爹的耳朵旁就有一块。那团白花花的雪虽然被自己融化弄脏了，同那只发黑的大耳朵比起来，依然洁白照人。秦四爹在草地上翻过身来时，试图伸出舌头舔舔那雪，舌头不够长，若将头挪一挪就可以够得上，但他似乎懒得这么做，眼见不行也就罢了。

秦四爹转过身对坐在一块石头上的我说："你其实是个读书人，你怎么不去继续读书哩！有些事就得咬牙坚持。"

我极不愿意有人提及读书的事，我说："你若再说这个，我就将你的牛赶走，让你一辈子也追不上它！"

秦四爹忙说："小杂种，我不说就是，你可别将我的老伴弄丢了。"

我抓起一块石头做出要掷向黑色黄牯的姿势，见秦四爹一副着急的样子，我还是一使劲将手挥出去，在手臂挥动的刹那间，我松开五指，让石头从肩上坠落身后，扔出去的只是一股风。风落在秦四爹的脸上，他一惊，连忙跳起，一拐一拐地跑了两步，嘴里还大声叫着："哇啊！哇啊！乖乖别怕，我在这儿！"黑色黄牯安详地吃着地上的荒草，尾巴懒洋洋地迎风摇摆，一点也不在意这边的动静。秦四爹晓得自己上了当，他笑一笑后依然回到原处躺下。我说："你这么懒，到哪睡到哪，地里的麦子该上点粪了！"

秦四爹说："你帮我做了吧，回头我给你讲讲当年同女知青谈恋爱的故事！"

我说："你别哄我，你同母牛谈恋爱还差不多！"

秦四爹一点不火，他说："你别小瞧我，当年——"

话到这儿秦四爹总不再往下说，他拿这话引诱我很多次了，每次我给他干完活以后，他又反复地叹着气，一副有话说不出口的样子。刚开始时，我以为他是要赖皮。直到有一回我将他逼急了，他凶狠地对我说，他现在不想说这件事，如果不相信就请我滚蛋。我很小的时候，总听见垸里的人在说知青没有一个是好东西，好吃懒做，偷盗扒拿不说，还将垸里的年轻人带着学坏。那时，我不懂知青是些什么人，大人们解释说是从城里来的人。我就问镇上那些从城里来的干部是不是知青。大人们说他们同知青一样好不了，但知青只是从城里来的学生。后来知青一词就不大被人提了，大家只成天担心农药化肥涨价，买来的种子会不会有假，同村干部一道到处乱窜的几个干部模样的人是来干什么的，另外大家还爱议论的是谁家的儿媳妇好久没露面，是不是又躲到哪儿生孩子去了！我曾问过父亲，当年的女知青有没有同秦四爹谈过恋爱。父亲斥责了我几句，说小孩子别管这些闲事。我以为父亲是在掩饰他对这事的无知，因为二十几年前，他并不比我现在大多少。后来我听见他小声同母亲议论，说秦四爹没有吃上羊肉反惹了一身臊。父亲说的意思是指秦四爹被抓进牢里关了整整三年。这件事垸里大人小孩都晓得，因为全垸人就他一个人在牢里待过。我很小时，就同一群孩子围在他乘凉的椅子旁，听他一遍遍地讲牢房的样子。他说牢房很小，墙是青砖砌的，窗户开在屋檐下搭人梯也够不着的地方，只有门上的一个方洞可以望见外面，十几个人睡在一个通铺上。在他的描述中，牢房并不可怕，所以我们垸的孩子用抓你去坐牢之类的话是吓不倒的。秦四爹有时还怀念坐牢的日子，说在牢里待着什么也不用发愁。他说他没有女人可想，所以牢里牢外都一样。

黑色黄牯在那边叫了两声，它总是这样，一吃饱了就吵着要回去。秦四爹低声说了句什么，慢吞吞地爬起来，随手在自己背上拍了两下，也不看身上的草粘得紧紧的掉没掉一两根，就不管了。他还拉住我，不让我帮他，说自己还能行。秦四爹一条腿残废了，往坡上走着，看上去倒还舒服。他拾起牛绳往回走时，便艰难多了。黑色黄牯这时往他身边贴了一下，秦四爹伸出手挽住牛脖子。黑色黄牯低着头，压着步子，带着秦四爹缓缓地向山下走。

秦四爹还回头冲着我叫："别忘了地上的书!"

我拾起草丛中的高一上学期的语文课本，沿着被牛蹄踩烂的山路，阴着脸往山下的垸里走去。

天色正在黑下来，垸边的谁家烧的火粪旁有几个孩子正在那里忙碌着，用几根小木棍在火灰中不停地拨弄，走近了就能闻见一股烤红薯的香味。

在头里走着的秦四爹扭头对我说："你家门前怎么有那么多人?"

我其实早看见了，只是没做声。我一直跟秦四爹走到他的小屋门口，他让牛先进门，接着自己也进了门。跨过那道脏兮兮的门槛后，他要我过一会儿来告诉他家里发生了什么事。他还估计一定与我姐姐有关。

垸里能走动的人大概都聚到我家门口，大家正传看着一张女人照片。看见我后，母亲连忙从别人手里拿回照片让我看看，我拿着照片时一开始还以为是哪个电影明星，看着总觉得眼熟，后来我终于发现那女人正是姐姐，我愣了一下，连忙将照片还给母亲。旁边的人这时说："让大树再将信给我们念一遍。"母亲真的将一封信塞到我手里。

天色虽暗，但我还是能看清上面的字。姐姐在信里说，她现在在一家公司里找到工作了，是做文秘，工资也不少，环境挺好，要不了多久她就可以挣到能治好弟弟的病的钱。那时她或是回来，或是接弟弟去城里看病，只要有了钱就什么都不怕！我将信看了一遍，一个字也没念出来，就一头钻进屋里。身后有人叹息说，大树这么聪明却摊上了病魔，真是不公平。

母亲跟在身后也进了屋，她在房门前一把扯住我问："你是不是又觉得身上疼?"

我一下子挣脱她，扑到床上谁也不理睬。

父亲随后也进了屋，他在外面大声说："谁一生没个三病两痛，一不舒服就朝别人撒气，算什么东西!"

我头也不抬地说："你们将姐姐的照片拿回来，不要给外人看，我就不生气。"

母亲嘟哝道："照片就是给人看的，保个什么密!"

母亲从外面将照片拿回屋里，搁在我从前做作业的抽屉桌上，然后又转身走出房门。姐姐好看的一双大眼睛就在对面盯着我，弯弯的柳眉比以前更动人，双眼皮连眨也不眨一下。看久了，我忽然觉得姐姐那微微的笑容里不是流露的甜蜜，而是忧伤。姐姐出外打工已有一年了，春天时她也寄了照片回来，那只是一张普通的彩色扩印照片，衣着打扮同在家时差不多，只是背景是一座很高的楼。我数过照片上那楼的窗户，虽然只照出半截楼体，窗户就已经有二十二层。现在这张被人传看的照片上已看不出从前那个姐姐的踪影。母亲仍在外屋兴奋地同父亲说，假若这张照片不是寄给家里，哪怕是亲娘亲老子也不敢认。

从房门口飘进一股中草药的香味，不一会儿，母亲端了一碗汤药走进来，她先从罐头瓶里抠出了一坨冰糖，然后才将汤药和冰糖一起递给我。汤药的味道很怪，我什么也不顾，张大口几下就吞了进去，不待舌头完全感觉出那药的味道，又连忙将冰糖塞进嘴里。母亲看着我叹了一口气。姐姐上高一那年我开始患病，当时我正读初二，有天放学回来，走到家门口，不知为什么突然一阵头晕，不小心跌倒后，就再也没有力气爬起来，甚至连手都要别人帮忙才能抬起来。治了半年，家里就变得一贫如洗，姐姐的书也读不成了，在家帮助干活，闲时就将自己的课本讲给我听，偶尔有一两天病症感觉轻些时，我拿着笔居然能将初三的作业都做对。后来姐姐决定出门打工挣些钱为我继续治病。姐姐走后的头一个月，我的病情突然加重，一连十几天高烧都在三十九到四十度之间，连医生都说没希望了，父亲瞒着母亲为我准备了一具小棺材，还托人说了一门鬼亲。没想到我却活了过来，烧退了不说，连老病也减轻了许多。危险期过了以后，姐姐才听说这事，她寄回一盒录有自己声音的磁带，我借了同学家的录音机放了两次，除了姐姐的一片哭泣声外，她反反复复地要我一定得挺住，她一挣到钱就接我到城里去治病。姐姐说我曾救过她的命，她一定要还我一条命。姐姐十四岁时曾患过白血病，奇怪的是父亲和母亲的血都不适合她，只有我的血型与她相同。于是每逢姐姐出现危险时，父亲就赶到学校，将我从教室里拖出来，赶着去医院给姐姐输血。每次输完血，姐姐清醒过来后就抱着我大哭，所以当我患病以后，她总是责怪自己说是自己害了弟弟。

喝完汤药后心里更难受，我揣上姐姐那张精美的照片一个人往秦四爹的小屋走去。

小屋里一片漆黑，一点灯光也没有。我明白秦四爹在屋里没出去，推开半遮半掩的破门，我听见黑暗中有嘴在吧吧地嚼响。我从怀里摸出半支蜡烛，用火柴点上，火苗一跳，屋里闪出一对牛眼和一对人眼来。

秦四爹两手拿着两只生红芋，一只放在自己的嘴前，另一只则放在牛嘴前。他背对着烛光说："我不要你这鬼火，有亮我就吃不下东西！"

我说："若是有鱼有肉，把你放在火堆中间你也能吃得下去。"

秦四爹干笑了两声，听说我要给他看样东西，他一开始不在乎，等到姐姐的照片在烛光中一闪，他连忙将自己啃剩下的半截红芋都给了黑色黄牯，迫不及待地伸手想接过照片。我不让他用手碰，只许他用眼睛看。秦四爹看了一阵后不高兴地说："你不让我用手拿着，那怎么能看清楚内里的玄机。"

我让他去洗洗手，他犟了一会儿，还是去了，只听到墙角里一阵水响，转回时，那手除了变湿，脏东西并没有去掉多少。

秦四爹捧着姐姐的照片，一眼看了足足十分钟。看完后他一句话也不肯说，直到我真的生气了，准备离开时，他才对我说，尽管姐姐这副容貌超出一般，显得很美很漂亮，可她内心很痛苦。秦四爹还认定姐姐眼角上的一道什么痕迹就是鱼尾纹，他说："你姐才十八岁，就这么样愁苦，肯定有什么难言的事情。"

我看了看照片，总觉得不像秦四爹说的那样。

我收起照片后在小屋里坐了一会儿，秦四爹一句话也不再说，黑色黄牯已在秦四爹睡觉的床对面墙角草堆中趴下了，小屋里有股浓浓的牛粪臊味。我问秦四爹今天能不能给讲白毛女的故事，秦四爹摇头不语，我只好回家。

刚走出小屋，就听见秦四爹在屋里低声说："现在这个世道，喜儿不像喜儿，黄世仁不像黄世仁！"

回到家门口，正碰上母亲欲出门喊我吃饭，两个人差一点碰上了，我一低头从母亲的腋下钻进屋里。父亲独坐在堂屋的饭桌旁，拿着酒杯一口口地呷着酒，见了我还问是不是将姐姐的照片拿出去在同学面前炫耀了。我没头没脑地顶了他一句，说他除了想喝酒时用脑袋以外，其他任何时候脑袋都是多余的。父亲毫不惭愧地说，他好久没读书了，脑袋当然生锈了不好使。我上去一巴掌将父亲的酒杯打翻了，那杯酒洒了一地。母亲急忙上来将我拉开，并骂我太苕，父亲想喝酒想了几个月，才下决心去买了半斤酒。

父亲不待母亲说完就说："我今天心情好，不在乎这一点酒！"

临睡前，我将姐姐的照片嵌进玻璃镜框里，为了腾出地方，我将自己的照片取了几张下来。灯光下，挂在墙上的新照片使屋里熠熠生辉。可我怎么也睡不着，心里老想着镇里报摊上那些花花绿绿的小报中写的那些苦命的打工妹的故事！

早上醒来，母亲问我昨晚做了什么噩梦，半夜里大喊大叫的，我不记得自己做过什么噩梦，连一般的梦也不记得。

刚吃完早饭，秦四爹就在外面叫我，要我帮他将牛赶到后山上去，他自己随后就到。见秦四爹有些慌张，我就追问到底发生了什么事。秦四爹用手指了指远处的盘山公路，有几辆汽车正缓缓地向垸里爬来。

秦四爹说："那些知青又来了。"

我有些惊讶，秦四爹这辈子可没有怕过谁！

秦四爹不让我多问，我赶着黑色黄牯在头里快走，他在后面虽然跟得急，还是被拉开一大段距离。山上的霜花还没化去，像雪一样，脚踩上去吱吱响。黑色黄牯不停地打着响鼻，还扭头冲着越来越近的几辆汽车嗥嗥地叫了几声。这时候，人和牛应该待在太阳地里，秦四爹赶上来后，非要将牛撵到阴冷阴冷的山坳里去。我不愿跟过去，站在阳光的边缘上，望着满地里忙碌的秦四爹。

秦四爹很快就找到了一堆枯枝，他划了好几根火柴才将枯枝点燃，不一会儿火堆就烧得很旺。他向我招招手，我忍不住，只好过去。

秦四爹蹲在火堆旁，好一阵子一句话也不肯说，两眼只顾盯着火苗。后来他就叫我回去，今天不用陪他了。他要我回去后别对人说他在哪儿放牛，特别是不能让那些知青晓得，他不想见他们。

我离开火堆走了几丈远时，秦四爹又将我叫住，他说："你小心留意一下，有没有一个名叫文兰的女人。"

我说："她也是知青吗？"

秦四爹"嗯"了一声挥手让我快走。

在我回到垸里之前，那几辆汽车先进了垸里。远远地就听见一些男人和女人说着半生不熟的本地话，极张扬地大声叫喊着垸里人的名字。父亲的名字在他们嘴里响亮地出现了好几次，他们叫他秦小树，而且还故意将城里的话与本地话混起来叫，树字后面就出现一个有些调戏意味的儿字音。

父亲是垸里人当中为数不多表现兴奋的人之一。他一再说，当初这个知青点上有十六个人，八男八女，今天怎么少来了好几个。父亲冲着一个很富态的男人叫白狗子。叫白狗子的老知青说现在大家都是各自位置上的顶梁柱，想凑齐了回来一趟简直比登天还难。

父亲将白狗子他们让进屋时，我的房间还没来得及收拾，母亲不愿让客人见到那一片狼藉，赶忙将房门关上。我在大门外数了数，一共有十一个不认识的人进了我家。我心里马上说，这可够父亲忙一阵了，因为家里只有八只凳子。我预感到父亲接着就要唤我到邻居家借凳子，刚要走开，父亲抢先叫唤起来。我只好到邻居家搬了三只凳子送回屋里。由于我故意少搬了一只，父亲没有坐的，站在那堆人中间，模样比坐着时显得有骨气些。

父亲将我介绍给白狗子他们，说我是他的儿子，学名叫大树。他们都笑起来，几乎是齐声说：“没想到小树养了一棵大树。”

我对他们的口气很不满，就顶了一句说：“你们连这个道理都不懂，天地间本来就是小树养大树，说大树养小树的只有白痴。”

他们一愣后，白狗子说：“这道理还真不错，是这么回事。”

父亲这时问：“白狗子，你们大车小车地回来，是不是也想搞扶贫?”

旁边的人一齐笑起来说：“现在可不能再叫白狗子了，人人都喊他白总白老板!”

白狗子也笑，他说：“在秦小树面前，什么老总老板，全都是老母猪和老母鸡。”

大家笑得更起劲了。

母亲趁机说：“如果你们来扶贫，秦家大垸就有希望了，你们吃过这儿的苦，会真的扶这儿的贫。”

母亲这话让屋里出现一些尴尬。

过了一会儿，白狗子才说：“扶贫那是政府的事，我们是杯水车薪救不了急，如果你们私人有困难，我们肯定可以帮忙的。”

听到这话，父亲和母亲同时望了我一眼。我明白他们想开口说我的事，就故意踢了一下正在鸡窝里生蛋的母鸡。母鸡一惊，拍着翅膀飞到白狗子的怀里。旁边的人马上起哄，说白狗子真有艳福，走哪儿都有小情人往怀里扑。父亲和母亲看出我的心思，他们瞪了我一眼后，将母鸡抱过来重新放回鸡窝。母鸡受了惊吓，不肯在窝里待，折腾几下后，就跳到地上撒开翅膀跑到大门外去了。

又聊了一会儿，才弄清他们这次来只是旧地重游。省城里正在筹办几场纪念知青上山下乡三十周年的大型晚会，白狗子因此掏钱请大家回来感受一下，找一些灵感。

母亲觉得他们如此兴师动众花那么大一笔开销，只为排几个节目的行为太不可思议了。

白狗子却说，人的精神生活比物质生活更重要，为了精神上的需要，花得再多也值。他还举夏天香港要回归的事为例，说按道理到时印一换，旗一换，收回了就是，可为什么要再花它几个亿来搞庆祝活动哩，为的就是精神的需要。白狗子还特别提到人的历史对自身的重要性。

母亲有些怔怔地望着父亲，眼神里好像是说，你把我的历史藏到哪儿去了。

说到这里，白狗子忽然想起什么，他问："秦老四哩，他现在怎么样了？"

父亲也不看我，就说："不怎么样，每天从早到晚只与那头黑色黄牯做伴。前些年，他还总是念叨要到城里去找文兰，现在老了，也不再提那话了。"

父亲突然一转话题问："文兰她还好吗？"

白狗子他们一下子都变成了哑巴，好半天才有人低声说："文兰她死了，很惨！"

父亲听说是不久前的事，就不再往下问。屋里的人都叹了一声，坐在墙边的几个女人，泪水都流下来了。母亲见状连忙到厨房里去为她们准备洗脸的热水。几个女人不用母亲招呼也跟着鱼贯而入。

屋里先是女人们小声地谈话声，接着便是抽泣，一会儿所有的女人全都放声大哭起来，连母亲都参与其中，甚至比别的女人哭得都起劲。

父亲惊愣地望着白狗子。

白狗子用几乎低得不能听见的声音说：“文兰是自杀的！她从长江大桥上跳进长江里，尸首也没找到。”

我一时难以自控，忍不住要将这个消息告诉的秦四爹。

山坳里那堆枯枝正变成了灰烬，火星全被浇熄了，一闻那气味就晓得是用尿淋的。我大叫了几声，不见回答正要去找，忽然在一棵树后面发现了秦四爹。他笔直地站在树下面，不经意时，还以为他上吊死了。

我说：“你怎么不答应！”

秦四爹说：“你是个报丧鬼，谁会理你！”

我一愣说：“谁告诉你了，这么快？”

秦四爹说：“我料定文兰会有这一天。她逃不过去的，迟早会死在他们手里。”

秦四爹突然提高声调说：“不管怎么解释，她也是被白狗子他们害死的。她当年若是嫁给我，怎么也不会落到如此地步！”

我说：“你现在只能养活一头牛，人可不是只吃草，城里的女人更是天天得喝牛奶。”

秦四爹说：“文兰走了，我灰了心。当年我可是大队长，一千多号人的吃喝生死全归我管着。公社里还准备提拔我当副书记。都是吃了白狗子这帮知青的亏，硬说我强奸了文兰，将我弄进监狱里。他们在垸里垸外偷鸡摸狗，行凶打架，只有我敢管教他们，他们记了恨心，逮住机会就想报复我。其实文兰是真心跟我好！但我一直不明白她为什么在关键时昧良心改了口。”

秦四爹很伤心，但没有掉眼泪。我不信一个城里来的女知青怎么会看上他。秦四爹说自己当年唱样板戏比谁都唱得好，不只是这儿的知青点，远近几处的知青点上的城里学生都很佩服他，逢重要场合演样板戏，郭建光、李玉和与杨子荣总是由他扮演，而文兰只是在《沙家浜》中演过被刁小三抢了的姑娘。秦四爹说着就学了一句：抢东西呀，我还要抢人呢！这是刁小三的台词。秦四爹告诉我，有天晚上他去知青点看看时，屋里只有文兰一个人在，他冲她开玩笑，将刁小三的话学了一遍，并动手轻轻拉了文兰一下，哪料文兰一下子便倒进自己的怀里不肯离开。文兰对秦四爹说她的命太苦，父母都在“文革”中搞武斗死了，哥哥失了踪，家里只剩下她一个人，所以她要找一个老实可靠的人成个家。文兰选中了秦四爹，这太出乎大家的意料，文兰的肚子大起来时，知青们绝没想到对方是秦四爹。文兰自己死不肯说，最后还是秦四爹自己承认下来的。本来文兰已事先与秦四爹通过气，她只说自己在山上被不认识的坏人害了，然后让秦四爹出面求婚，自己就可以光明正大地嫁给他。可秦四爹不肯，他不愿让别人说自己娶了个破货，也不愿文兰浇上这不存在的一盆臭水。他出面认过的第三天，就被公安局的人用手铐铐走。等他刑满释放回来，文兰早就回城去了，他险些无法打听到文兰肚子里的孩子是保住了还是没保住。

我告诉秦四爹，白狗子他们回来是为演戏找灵感的。秦四爹哼哼一阵说："他们现在可以将那些当戏演了，可我们还得实打实地熬着过。"

从山上望去，白狗子他们从汽车里搬出不少东西，来来回回地往垸边小河滩上走，白狗子的身材最胖，隔得再远我也能一眼认出来。秦四爹看不清，那么远的距离，他只能认出一片小黑点。我告诉他白狗子一身肥肉少说也有一百八十斤。

秦四爹像是回忆着说："这狗东西倒翻了一番，那时最多只有九十斤，瘦得只剩下一根筋。"

我说："他们不用翻两番也能实现小康。"

说着话时，小河滩上开出几朵花一样的东西。一开始我并不明白这是什么，后来见人可以在里面进出，我才明白那是旅行帐篷。他们将秦家大垸当做旅游点了。我要秦四爹回去看看帐篷和汽车，特别是白狗子那台车，我在扑克牌中见过，叫凯迪拉克，是印在小王牌上，大王牌上印的是劳斯莱斯。秦四爹对这些没兴趣，再好的汽车也不如他的这头黑色黄牯。秦四爹断定白狗子他们一定想见见自己，他说不是不可以见，得等到他有兴趣的时候。

我很想见识一下那几顶帐篷，秦四爹也不想我陪他，他要我去那些老知青跟前探听些消息。特别是文兰，弄清她到底是怎么死的。

从山坡上下到垸里，路上碰见不少往回走的人，他们已看过帐篷的新鲜，都说着相同的话，说城里的人到底会过日子，几块布一扯，到哪儿都能搭个小房子，一男一女睡在里面要多舒服有多舒服。待我走近时，围观的人都已经走得差不多了。我在一顶帐篷门口探头张望时，看见白狗子正在里面同另一个男人争吵什么。我不着头尾地听了中间两句，好像是为了什么排名先后的问题。白狗子看见我就将我拉进去，让我试试他们的充气床。我坐上去试了试，他问我是什么感觉，我说像是骑在牛背上。白狗子笑起来，说除非让牛四脚朝天坐在牛肚子上，他说等我结婚了就晓得这是什么滋味。刚才还在同他吵的那个男人听了这话立刻笑起来。我听出那声音里有几分邪意。

我正要走，白狗子将我按住问："你为什么不去上学？"

我不想对他说实话，就说："我不想读书。"

白狗子眨眨眼说：“我可是汉口王家巷码头边长大的，别的不行就眼睛厉害。”说着他一伸手从我的口袋里抽出姐姐读过的高一课本，“不想读，揣着课本干什么？”

我被他问急了，想抢回课本，又打不过白狗子，只好说：“我不要了，等会儿你还不得亲自送到我家里去。”

我装出要走的样子，白狗子一点不在乎，他说：“你不要那正好，我们没带卫生纸，正好可以用来揩屁股。”

这话让我火了，我说：“你敢动一页，半夜里我撵几头黄牯来，连棚子带人都给踩个稀巴烂。”

白狗子一咧嘴，将书还给我。他说：“没想到你比当年的秦老四还厉害！”

白狗子从口袋里掏出一支非常漂亮的钢笔，朝我晃了晃，然后对我说，他有几个问题，只要我如实回答，他就将钢笔送给我。

我想了想后，还是点了点头。

白狗子于是问：“垸里的人平常还记不记得这儿来过一批知青？”

我说：“没有谁记得，只是前两年讨论如何奔小康时，有人提出过，到城里去找找那些曾在这儿插队的知青，请他们帮忙搞个什么能致富的项目。不过讨论完了以后，大家不仅忘了知青，连奔小康都忘了。大家都说，反正这都是城里人吃饱了没事，跑下来玩个名堂就开溜，忘了反而少些烦恼。”

白狗子说：“这可不像是秦老四这样的人说的话!”

我说：“你没听过，秦四爹的话水平更高。”顿了顿后我又说：“你信不信，他昨天就算准了你们这两天要来!”

白狗子瞪大了眼睛，过了一会儿才说：“你不是说没人记得知青吗?”

我说：“秦四爹心里是惦记着文兰。你们是沾了文兰的光才被人记着。”

白狗子说：“我再问个相同的问题，你的同学们晓得知青的事吗?”

我说：“不晓得的多，晓得的少。但有一次老师在课堂上提起过知青，说他们老写文章抱怨自己下乡吃了多少苦，受了多少迫害，好像土生土长的当地人吃苦是应该的，他们就不应该这样。老师还说，自从来了知青后，这儿的流氓就大胆多了，像是有人撑腰似的。”

白狗子说：“你们做学生的也不喜欢知青?”

我说：“为什么要喜欢知青?”

我想起秦四爹的话，便又说：“你们知青可从来没有喜欢过农村。”

白狗子不说话了，他低着头将手中的钢笔反复玩来玩去。后来他将钢笔递给我。我不好意思拿了人家的东西就走，在那儿站也不好，坐也不好。

正犹豫时，白狗子忽然朝我吼了一句：“没你的事了，你还站在这儿干什么。”

白狗子的声音浑厚得像春天的雷霆，滚到哪儿哪儿的地皮就发颤。

与白狗子同来的那些知青在垸里瞎蹿，他们对垸里的情况很熟悉，连秦打铁的家都记得。特别是那个与白狗子在帐篷里争吵的人。大家都叫他老五，也不知是他的姓还是他的名。老五站在那荒草封住的门前说，秦打铁从前总吹牛，说他的技术全国第一，只要是钢铁他就能像揉面粉一样，将它弄成自己想弄的形状。老五他们回城探亲时，故意从父亲上班的工厂里拿了一截不锈钢，让秦打铁将它打成一把菜刀，秦打铁打了三天，白烧了几百斤木炭，也只是将那不锈钢打成一只破鞋底的样子，就这样还将秦打铁的腰弄闪了。秦打铁现在家门绝了。他听别人的话，带上老婆孩子，挑上打铁担子到城里去赚钱。他不懂陌生处的水深水浅，一到就接了一批活，都是些长短刀具。他交完货，钱还没拿到手，就在夜里被人满门抄斩。据说是黑帮械斗，一方吃了秦打铁做的那些长刀短刀的亏，对打起来，秦打铁的刀还是刀，别人的刀则成了泥巴。吃了亏的那些人便向秦打铁下了黑手。老五对秦打铁的遭遇叹过几声，说在城里可不是所有的人都吃得开。不比农村，再怎么样也有一块地可以养家糊口。在城里，双脚站的地方都有成千上万的人想要。说着话，老五忽然就怀念起当年这屋里炉子上吊罐里的狗肉香来。

老五说话时，父亲正站在旁边，他说："那时，这一带的狗都叫你们知青偷吃光了。"

老五说："你不是也跟着吃了许多狗肉！"

父亲说："狗屁，你们总是将啃不动的狗骨头给我。"

老五说："可你还不是啃得津津有味。"

父亲笑了笑说："可你们不晓得，有一年腊月下大雪时，你们将公社里养的一条狗打死了，刚煮熟，我跑去骗你们说那是条疯狗，你们吓得不敢吃，让我拿出去扔。我只扔了几块，其余的都让我和另外两个孩子躲在树林里，用树枝做筷子，过了一餐饱瘾。"

老五也笑，他说："那你就不晓得下文了，那天晚上我们吃了你家的两只鸡！"

父亲说："谁说我们不晓得，我们还找到吃剩下的鸡毛，旁边还有回力球鞋印，那种鞋只有你们知青才穿得起。如果不是秦老四出面拦住，我父亲早用刀将你们的三只手砍下一只来。秦老四说你们个个都是座山雕，人人都想摆百鸡宴，太多了不好对付。"

父亲告诉老五，秦四爹为了让知青不再在垸里胡闹，三天两头往公社里跑，要招工指标，要一个就送走一个，走一个垸里就多一份安宁，而且谁最捣蛋就让谁先走。老五是这个点上第三个走的。他走的那天正好是秦四爹被抓起来的日子，他还顺便搭上押秦四爹去县城的车。我听秦四爹说过，当年他戴着手铐押进城的路上，有个知青不停地往他脚边吐口水，他忍无可忍最后用劲踢了那知青一脚。他说这个知青不知好歹，那个返城的指标还是自己用一包游泳烟从邻近大队的大队长那里换来的。我明白这人就是眼前的老五。秦四爹还说，男女一共十六个知青中，老五是最坏的，秦四爹说的坏是捣蛋的意思。他说老五下来的第三个月就将另一个知青点上的姑娘肚子弄大了，其余偷鸡摸狗，挖队里的花生，摘队里的南瓜，哪一件事都是老五领头，最少也是个二把手。老五的绝招是到外面垸里去钓鸡。他用一枚大头针弯成鱼钩一样的形状，再用细线系好卷成一个团揣在裤子荷包里，然后就装作从别人垸前经过。趁人不注意时，用两个指头一弹，就将钩着小虫的钩子弹到一群鸡的面前。哪只鸡若啄了那钩子，便脱不了身，不吭不响，乖乖地随着他走。碰到有人时，他们就停下来，那鸡也呆呆地不往前走，那线细得谁也看不出破绽。走到没人处，他再将线一收，将鸡用外衣包起来，唱着知青们最爱唱的《再见吧江城》，旁若无人地往回走。这个秘密是秦四爹后来发现的。除了猫狗之类的小东西喜欢跟在人的后面走，别的动物没有这个习惯。那天他看见一只公鸡跟着老五走走停停，就起了疑心。他捡起一块石子朝那只公鸡砸去，公鸡一惊，衔着一根细线飞了起来。为这事，秦四爹扣了老五十个工分，并将扣下来的这些工分划到我家的账页上。秦四爹曾说，当年十个工分虽没有两只鸡值钱，却比两只鸡重要，那时想多挣十个工分不晓得有多难，年底算账时，十个工分往往可以决定这个人属于哪一类。

秦打铁的房子无人去住，就连秦四爹这样的孤身老人也不肯要那房子，大家都看着它一天天地败塌下去。老五说，若在城里管他什么原因，只要像房子的都会有人抢着去住。父亲问老五敢不敢进这屋。老五说，三十年前他是坟墓敢躺、棺材敢睡，现在不行了，有后顾之忧，他大小有一座酒楼，不能让生意惹上晦气。父亲没有恶意地说老五，当年他们做知青时总是嘲笑农民，这封建那落后，怎么一有了钱财，反倒比农民还封建落后。老五说了句很深奥的话，人不可能没有文化传统，也不可能不批判传统文化。这时，从小河滩帐篷里传出一阵手风琴声。

大家不约而同地扭头看了一下。

老五说："这是白狗子在拉。当知青时，他想自己能有一台手风琴都快想疯了，现在他可以买下全国一年中生产的全部手风琴。"

父亲说："可他拉的曲子没有从前的好听！从前他拉的那个《莫斯科郊外的晚上》，不用说你们哭，就是我也曾想哭！"

白狗子拉的正是《莫斯科郊外的晚上》。

老五皱着眉头说："这曲子就应该在夜深人静时听！现在让人听，太早了点！"

我望了望后山，太阳仍有老高，黄昏还没露出踪影。我找了两遍，山上没有秦四爹的影子，那头黑色黄牯也没见着。

黄昏来临时，小河滩上首先冒起一股青烟，开始是浓浓的黑黑的，上升得很快，样子还有些猛。只一会儿，领头的那团乌云一样的烟雾，就顺着山势爬到山巅之上，在夕阳的映照之下，迅速地幻化一片彩霞。随后产生的青烟就没有这种性子了，它徐徐地缓缓地，甚至还有些绵弱无力，还没达到半山腰就被渐起的暮色化解得若有若无。因为这青烟，才能看见晚风的样子。晚风的确像月里嫦娥舒开的长袖，它在半空里一挥而过，却在地面上留下许多生机与希冀。那堆忽明忽暗的火被白狗子和老五他们叫做篝火，火堆旁有女人在迫不及待地唱着歌，隐隐约约地在风中断断续续地飘荡着。

父亲和垸里的人都在说，他们还是从前的老脾气，自己将自己弄得特别忧伤，好像是天要塌了下来，却又与别人无关。

秦四爹一直不见回来，白狗子已问过好几次了，他说他无论如何也要同秦四爹尽快见上面。白狗子天黑之前开着他的凯迪拉克到镇上去打电话，他的手机在这一带无法使用，只是一块无用的废塑料。白狗子开车离开时，老五在旁边笑着说他刚收了个小蜜，一天不见就心里发痒。白狗子开玩笑地用凯迪拉克去撞他。一不小心，车头撞在稻场边的石磙上。白狗子停下车开门看了一眼后，有些不高兴地责怪老五。老五不以为然地说，这点小事也值得伤和气，修一修也就万把块钱，谁出不起！听见老五的话后，垸里的人顿时伸了伸舌头。白狗子像是想通了，笑一笑后钻进车门，只见满车身的彩灯一亮，凯迪拉克一下子蹿出老远。白狗子的车跑得很快，十几里山路一会儿就回来了，人还没从车里钻出来，脸上开心的笑容先像花朵一样从车窗里开放出来。

秦四爹依然不见回来。我到他的小屋门前去看了看，屋里的确没有一点动静。天完全黑了，我有些着急，就对父亲说，自己要上山去找秦四爹。父亲瞪了我一眼，什么也没说，回屋拿上一只手电筒一个人向后山走去。

父亲对秦四爹的呼唤声在后山不停地回荡着。

随着篝火的亮堂，老知青们的歌声也清晰起来。他们都围在篝火四周。白狗子仍然拉着他的手风琴，老五在吹着一支他们叫作萨克斯的铁管子一样的东西。没有歌声时这两样东西奏出来的音乐特别好听，而无论是手风琴还是萨克斯，当它们独自奏响时，就更动人了。垸里的很多人都来看稀奇，大家不远不近地站着，不与白狗子他们混在一起。

那几个女知青正在小声唱着一支让我听来很熟悉的歌时，白狗子忽然站起来，将手风琴猛地拉了一阵，然后调子一低，突然深沉地唱起来。

我想起来了，这首歌名叫《三套车》。

在我很小的时候，父亲就经常在屋里哼着这首歌。但他从不在母亲的面前唱，好几次他正唱到得意处忽地戛然而止，我问他怎么不唱了，他说不想唱就是不想唱。后来我弄明白了，只要父亲的歌声突然一断，不一会儿母亲必然会出现。我以为父亲是怕自己唱不好，坏了自己在母亲心中的形象。父亲的确喜欢这首歌，除此以外，我没听见他唱过别的。

母亲也很喜欢听这首歌。有一次，父亲傍晚回家，拎了一桶水到后门外冲凉。哗哗的水声使他没有注意到母亲的归来。母亲没有惊动父亲，任他唱完了，才装着刚回的样子出现在父亲面前。

白狗子唱完后，老五用萨克斯管又将那曲子反复吹了几遍。

母亲不知什么时候站到了我的身后，我感到她的身子在一阵阵战栗。我想回头时，母亲用她的双手将我的头紧紧抱住，不让我往回看。我还听见母亲在自言自语说："他们怎么不哭了，那些年他们只要坐在一起唱着这支歌，一个个都哭得死去活来!”的确，我在篝火旁看到了一股悲伤的烟雾，篝火旁的男人都在猛烈地抽烟，女人则用双手托着腮帮，除了歌声的旋律外，没有第二种声音。后来，垸里的女人中，有一个人哇地哭着跑开了，接着又有一个女人用双手捂着嘴踉踉跄跄地冲入夜幕。母亲的战栗更厉害了，她的双手无力地垂在我的肩上，她用极小的声音对我说：“大树，送送妈妈，妈妈想回去!”

回到家后，见父亲还没回，母亲终于忍不住趴在床上用被子捂住头大声地哭起来。我心里预感到了什么，有些替父亲伤悲。我从自己屋里拿了一坨冰糖，放进杯子里冲了半杯水，递给母亲。喝完冰糖水后，母亲才镇定一些。她告诉我，她和那两个女人曾经都是公社宣传队的，那两个女人在宣传队里与两个男知青好上了，还偷偷怀过他们的孩子，两个女人为他们一共做过五次人工流产，每次都是她偷着照料她们。男知青招工回城时，说好马上接她们去，可后来一直杳无音讯。等了几年，她们才嫁到秦家大垸。我以前就听说过，这两个女人都不能生孩子，原因是子宫被刮破了，先前不清楚是与知青们发生了事。两个女人我都叫婶子，我的两个同宗叔叔对她们很不好，他们自己在外面乱搞，回来后还动不动下手狠狠打这两个婶子，骂她们是破罐子。逢到这样的时刻，母亲从来不去劝解，她总是朝别人求情，请别人去劝解。很小时，我以为是母亲胆小，不敢上前去。有一次，我偶尔碰见母亲和那两个婶子躲在我姐姐的房里，抱头痛哭，而且母亲比她们哭得还伤心还带劲。

母亲在床上哭了一阵，忽然抬起头来。

窗外传来《花儿为什么这样红》的歌声。

母亲听了一阵，情不自禁地说：“那时宣传队里有个叫欧阳的，他个子最小，饭量却最大，一份饭连半饱都吃不到。他在《沙家浜》里演四龙，在《智取威虎山》里演小炉匠。他家里情况最糟，爷爷奶奶爸爸妈妈外加叔叔，一家里竟有五个人关在监狱里，并且全都是政治犯。亲戚六眷没有谁敢同他来往。我见他可怜，就常从家里拿些红薯给他吃。那年冬天，过年时下着大雪，所有的知青都回城过年去了，就他一个人没地方去，三十早上竟跑到我家里来，哭着喊我姐姐，要我留他在家里过个团圆年。我只好求你外婆留下他。夜里他反复教我唱这首《花儿为什么这样红》，他唱得真好，若不是过年，我真的要再哭一场。夜里，大人都睡了，他非要我同他一起在火塘边等着听零点的新年钟声。新年钟声刚响一声，你秦四爹就带着民兵将他抓走，说他用坏歌儿毒害我。那场雪真大，有的地方都快没了腰，我跟在他们后面打滚，非要秦四爹放了欧阳。秦四爹被缠得没办法，只好对我说实话。他说知青已害了好多农村姑娘，他不能看着我也被欧阳害了！”

母亲叹口气说：“后来，秦四爹还是将欧阳放了，不过他派了一个人将欧阳一直送回山那边的知青点。”

说着话，母亲竟小声唱起来：

花儿为什么这样红？为什么这样红？哎，红得好像，红得好像燃烧的火，它象征着纯洁的友谊和爱情。花儿为什么鲜？为什么这样鲜？哎，鲜得使人，鲜得使人不忍离去，它是用了青春的血液来浇灌。

我从未听见过母亲唱歌，更没料到母亲的歌会唱得这样好。母亲唱完后，我们沉默了好一阵。河滩上空盘旋的旋律，发生了变化。母亲后来开口告诉我这首歌名叫《小路》，是俄罗斯歌曲。

我说：“妈妈，你告诉我实话，你后来是不是与欧阳相爱了？”母亲怔怔地半天没有应。

我心里有些明白，就说：“我晓得了，你不用担心，我不会告诉爸爸！”

母亲长叹一声说：“你爸他都晓得。欧阳走时，我偷偷送他，还是你爸在前面探路。怕被你外公外婆碰见。”

我说：“你们有过孩子吗？”

母亲起劲地摇摇头，她说：“欧阳全身都是病，我只是照料他。”母亲顿了顿后又说，“他走时答应治好病就会回来娶我！可他们都一样，一去就不回头！像河里的流水一样。他父亲后来平了反，前几年还老在电视中露面，他们父子长得极像。前些年，电视里转播了他父亲同学生们的对话，有个学生当面质问他，为什么不对独生子的胡作非为加以管束。老欧阳当众抹了一把泪，说儿子‘文革’时因父母问题受株连，平反后自己想给儿子以补偿，岂不料事与愿违。听那口气像是犯了什么事，也被抓进牢里去了。”

母亲这时已经平静了不少。

我出门往小河滩上走，半路上碰见父亲。他说没能找见秦四爹，回来邀几个人再上山去。我忽然想起秦四爹常提起那个战备洞，就叫父亲不用去了，秦四爹一定同那头黑色黄牯躲在战备洞里。父亲恍然大悟地“啊”了一声。他擦着我的肩头往家里走时，我突然说了一句话。

我说：“爸，你真了不起！”我真的敬佩父亲对母亲一向那么好。父亲好像不在乎我这话里的意思，继续走自己的路。走了几步，父亲回头问了句：“你妈她没事吧！”

我说：“没事，她还爱着你哩！”

父亲轻轻地笑了一下，我以为他不再说什么，他离我很远以后一个人独自说了句：“都走了这么多年，还回来干什么哩！”

篝火旁唱歌的知青和围观的垸里人几乎不见少。唱歌的人很投入，看的人更投入。特别是那几个有点胖的女知青，跳出一个有藏族味道的舞蹈时，身边几个年纪很大的男人女人，眼里都放出了光芒。他们说这舞蹈叫《洗衣歌》，过去知青们逢演节目是必跳的，真是迷死个人。现在她们发福了，身材没从前好看，但眉眼间，手足腰上的那些味道还在。他们还认得眼前那个最胖、头上白发最多的女人，就是当年跳独舞的那个小姑娘。让他们觉得可惜的是那个演解放军的男知青没有来。白狗子说，那个男知青到澳大利亚帮人洗碟子挣外汇去了。白狗子当年是 B 角，他放下手风琴到女知青中间，刚一抬手足，周围的人就大笑起来，年纪大的人说他现在的样子只能演国民党的胖军官。

白狗子不在乎，他用不太听使唤的手脚比画了一阵，猛地停下来，大声唱道："哎——谁来给咱们洗衣裳嘞！"

几乎没有停顿，一旁的男知青马上接唱："——没得人！"

白狗子又唱："——谁来给咱们做早饭嘞！"

男知青又接唱："——没得人！"

我听见这词与《洗衣歌》原词不同，就明白这是他们当年自叹自怜时瞎编的，他们一顺溜地唱了很多，都是就着现成的曲子改词，唱着唱着他们的情绪就有些低落。听的人中，先是大人们开始撤，然后小孩子也走了，白狗子和老五在篝火旁轮番大声叫着，要大家明晚再来，他们要正式演几个节目给乡亲们看。

我回家时，一不小心看见父亲和母亲坐在一条板凳上紧紧地抱在一起。见我回来了，父亲想松手，但母亲将他箍得死死的。我觉得自己脸上发烫，钻进自己房里，抬头看了看姐姐的照片，然后在房里鼓起掌来，并说："好浪漫的电影呀！"

小河滩上的歌声一直响到很晚。歌声消失后，接着消失的是手风琴声，我以为剩下的萨克斯管声也会很快消失，可它一直不肯退出夜空，有时候它变得极微弱，几乎等于没有声音，只剩下那么一点点的旋律像游丝一样在风中飘荡，若有若无，亦虚亦幻，当心随夜色静下来时，它又悄悄地从哪儿飘出来。初听到时还以为是错觉，往下的声音也还不敢相信是真的，非要等到这些都来过之后，那萨克斯管的声音才又完完全全地回旋起来。萨克斯管的声音如同母亲的手在我极度痛苦的时候，细细密密地抚摸我的心。在萨克斯管的声音中，我一直注视着姐姐的那双眼睛。在那些忧伤的微笑背后，我感到姐姐那微微颤抖的嘴唇，在喃喃地说着：回家。回家。

萨克斯管的声音正悠扬的时候，从窗后黑黝黝的大山中传出一声长长的牛嗥，是秦四爹那头黑色黄牯在叫。我真有点不明白，在自己垸里见到外来的老知青，秦四爹为什么还要躲。那战备洞又黑又冷，说不定还有什么野物，在那里面待着有什么意思。

夜里，我梦见了姐姐，不知为什么她总在哭，她什么也没对我说，却又哀求着要我千万别将她的情况告诉父亲和母亲。醒来后，我盯着黑洞洞的窗口望了半天。

天亮后，母亲起床了。她先将笼里的鸡放了出去，我穿好衣服走出去时，母亲正对着城里的方向出神。

我问她："人做梦是不是与实际情况相反？"

母亲说："是呀！前年我做梦时见到你外公外婆的病好了，逢人就笑，不多久他们就死了。"

我放下心来，不同母亲往下说，出了门就往后山爬。

那几顶帐篷在小河滩里寂静地搁着。帐篷边有一个黑影，刚开始我还以为是一棵小树，仔细看过几眼才发觉那是一个人，我觉得那只能是白狗子，那样子像是在膝盖上铺着纸在写着什么。

战备洞在半山腰的一处土崖上，洞口有些塌方。我的判断一点也没错：一行牛蹄印点点划划地通向洞里。我刚爬到洞口，就听见秦四爹正在里面说话。

秦四爹说："连文兰都死了，我活着还有什么意思。那么好的一个姑娘硬是被人逼得走投无路。我可不是要害她，她性子不好老爱一个人发愁发闷，一个人流眼泪，身体又不好，三伏天也不能下水田干活。谁叫我当大队长哩，见她那样子我就想照顾她。她感激我，要同我好，我又没老婆，不找她还能找谁哩！只是我性急了点，那么急匆匆就上床同她睡了，但她并没有恨我。秦家大垸这儿都是这样，男人不行点蛮女人哪会主动迁就你！只要事后继续好下去就行。可他们却将城里的规矩搬到这儿来，要问我的罪。我有什么罪，真有罪文兰就不会那么舍不得将胎儿打掉！我牢也坐了。儿子还没出生就被人弄死了，后来我又等了这么多年，总想着文兰会回来，现在倒好，恐怕连魂也见不着了。她在阴间也不晓得被分到哪个国家，哪个县市，哪个单位，叫我如何去找她！文兰可是对我说过，生是我的人，死是我的鬼，不然我怎会这么痴痴地等她。我相信她，她当时说我害她是被人逼的，那不是真心话，是白狗子他们教给她的。白狗子他们一直对我不满，想将我弄倒了，没有人敢再管他们。我听见过他们骂文兰，他们说文兰是知青中的败类，丢了知青的脸，那么多男知青她不爱，却要同一个土克西鬼混。他们还发誓不将文兰和我拆散，他们就集体跳崖。他们又向文兰许诺，只要她别说自己是自愿同我发生关系，再有招工回城的指标，他们一定优先让文兰先走。文兰被他们反反复复地折磨得糊涂了，就昏头昏脑地答应了他们。我坐牢后，文兰曾送了九个糖包子给我。看守没有对我说送糖包子的人是谁，可我晓得是文兰。因为我对她说过，她胸前的漂亮山峰像两只糖包子一样诱人。为什么要送九个，那是长久永久的意思，她叫我不管多久也要等着她。糖包子是圆的，所以她还说等久了就会有我们的团圆日子。她后来还给我写过信，有好几封，都被看守贪污了鲸吞了。他们对我和文兰的事特别好奇，有几次借提审时问我同女知青在一起时的感觉是不是很特别。我不肯告诉他们，他们心里一定很窝火，便想偷看那些信中说的是什么。那些女知青在大家的眼中，再不好看的也比得上仙女。我可不是这样的人，我和文兰是真心相爱，否则我绝不对她动歪心思。我要是那种人，为什么我后来不再找个女人，我就是要让那些歪看我的知青们看看，我对文兰是忠贞不贰，这辈子我心里只有她。文兰接不到我的回信心里觉得很苦，她奈何不了周围的城里人，只好听他们摆布。他们让她结婚她就结婚，他们让她嫁人她就嫁人。可她心里只有我，她的心是永远不会嫁给别人的。别人要她就像娶了一头母牛，她没有情给人家，更不会献出自己的心。别人就一天天地虐待她，她没得吃没得喝，没得穿没得戴，身上只剩下一张皮包着一把骨头，这种样子只有跳江。跳进江里，江水那么深，那么宽，那么长，谁也看不见她的样子，连我都看不见，这是她最后的心愿，她只有这样表示她还爱着我。你说对吗？去年你的老伴老死时，你不是也不愿去看一眼吗？都这个份上了不看为好。关键是两个人的心要在一起。别人都说我苦，那只是别人的事，他们以为这样苦才会觉得苦，我不把这当作苦，那它怎么也不会苦了。我把文兰装在心里，就等于将幸福装在心里。心里幸福只有自己晓得。心里有盼头那才叫真正的幸福，一想到文兰哪一天会突然回来，我就快活得要死。幸福不幸福关键是心里。你看白狗子他们，一台车比全垸人的家当都值钱，穿的戴的用的全都现代化了，可他们为什么还要跑到这个被他们诅咒了没有一万次也有九千九百九十九次的地方来看看，一定是他们心里找不到幸福的感觉了。先前以为能回城就是幸福，回城了又想着升官发财成就事业就是幸福，现在是不是又以为只有到了美国才是幸福？这是幸福对他们的报应，人太贪了，它就会让你找不着。我不贪，我有我的幸福。你觉得我说的那些都对吗？文兰一定是那样的，她的性格我太清楚了，她会那样做的。”

洞里很黑，除秦四爹的声音外，我还听见牛尾巴在地上拍打的声音。我将眼睛闭了一会儿，再睁开时，看见秦四爹还在梦呓一般对着黑色黄牯诉说着。

我挨着他坐了一会儿。他闭着眼睛对我说：“天亮了？”

我说：“都快出太阳了！”

秦四爹说：“昨晚我总算将文兰的事都想透了。她的确是个好女人。”

我说：“白狗子和老五都不愿谈她哩！”

秦四爹说：“他们哪是不愿，是不敢！”

我说：“昨天到今天你吃了什么没有？”

秦四爹说：“我到你家地里扒了些红芋，生的吃了几个，又用火烤熟吃几个，放心，饿不死我的。”

从爷爷死后，我家的红芋地里总是收不干净，照秦四爹的估计，十只红芋中少说有一只没有从土里挖出来。父母亲对这一点不大在乎，垸里人也一样，现在种红芋早已不是当年母亲为欧阳吃不饱肚子着急、偷着用红芋为他补充营养那样的目的了，现在家家都用红芋喂猪。往年，父母亲总叫姐姐隔几天就牵上家里的几头猪，到地里去用那长嘴筒子深翻浅拱，将那些没挖起来的红芋就地吃掉，省去许多的人力。今年姐姐到城里打工去了，这事就没人做。父母亲不让我做，垸里的习惯是这样，男孩子只可放牛放羊，但不可放猪。

洞里地上干干净净的，半块红芋皮，半只红芋蒂也找不见。

秦四爹说：“你别找。只有那些知青吃红芋才剥皮削皮。当年我批评他们时，他们竟说如果稻谷不蜕壳，小麦不去麸，他们才会将红芋连皮一起吃下去。还说吃红芋本来就屁多，再将皮吃下去打一个屁会起三个小旋风。”

秦四爹边说边轻轻地笑了笑，他说：“那些小杂种也挺可爱，不但会唱歌，还会编歌，那些电影里挺好的歌儿，被他们一改词，就跑了味，快乐的变成了伤心的。”

秦四爹忽然唱了起来：

樱桃好吃树难栽，不下农村不明白，工分不会从天降，仙人洞好搬不来。

在母亲之后我又发现秦四爹的嗓子真的很好，可见他说自己演样板戏的事是没吹牛的。秦四爹只唱了这几句就不唱了，他站起来摸了摸洞顶后，问我清不清楚这洞是谁挖成的。我说好像听人说过是知青们挖的。

我的确是听说过知青们挖战备洞的事。

那些年一到冬春就开始修水利，几乎所有的男女劳力都要上工地，家里只许留下少数半劳力的老弱病残应付应付。上面还要求让知青全部到工地去接受锻炼。父亲那年只有十六岁，他在离家一百多里的水库工地上当突击队员。每天要用那大号篼篼从坝底往一天天升高的大坝上挑一百多担土。但知青点上的那十六个男女，在工地上挑的所有的土加起来也超过不了一百担。知青们不是坐在一处土墩上给垸里的人发记工牌，就是在大坝上面给每倒一担土的人画上一笔“正”字。再不就是当宣传员写工地战报。父亲他们为此对秦四爹有很大意见。父亲一向受人欺负，因为他那时个头太小还没发育起来。在他同白狗子干了一仗以后，大家才开始另眼相看。父亲至今也没弄清楚白狗子是不是故意整自己，因为他说过一句，知青不是“修”了，就是小资产阶级。父亲是在连续三天发现白狗子都要少画自己的一笔“正”字后才开始发火的，特别是那一天白狗子竟然少给他画了两笔“正”字。父亲说不过白狗子，有理也讲不过他。这是秦家大垸人的共同弱点。大家集中起来同知青辩论时，无一不被驳得体无完肤。父亲不是那种找茬故意赖账的人，这一点仅从他对母亲的情爱就能明辨出来。父亲就是在同白狗子算账的那一次，第一次看见母亲的。当时母亲不知为什么要来找白狗子，父亲没有追问过，但估计是为了欧阳。父亲一见到母亲正在人群中观望，心里就激动起来，他上去一把抓过白狗子的笔，说自己并不在乎那两笔“正”字，关键是要白狗子赔个不是，说声对不起。白狗子死不认错，还骂父亲是混账。父亲一急之下顺手打了白狗子一耳光。白狗子马上扑过来将父亲死死扭住。尽管白狗子人高马大，在一对一的情况下父亲绝对吃不了亏。问题出在旁边的人以为父亲会吃亏，他们迫不及待地参与进来，在救助父亲的时候，顺便放倒了白狗子。白狗子在地上打了几个滚，爬起来就在工地上四处召唤，转眼间，几百名知青就聚集到父亲他们面前，恶狠狠地要以血还血，以牙还牙。父亲他们并没被吓倒。他们什么也不说，只是将一根根扁担横在腰间。在他们背后则是几千个同他们模样相同的人。不过这场冲突到底还是没有发生。父亲和秦四爹都说过，若不是知青先退缩了，肯定要吃大亏。工地上的人心里早对知青有怨言。开饭时，他们总是抱成团互相帮忙抢，干活总是拣最轻的，三五成群地横着走，见谁也不让路，还喜欢嬲长相好看的本地姑娘。双方的退却是从母亲和欧阳同时出现时开始的，母亲在一边推着父亲往后退，欧阳则在另一边将白狗子往回拖。

秦四爹就是在事后第三天，将垸里的知青突然全部撤回去，让他们在后山上打一个战备洞。

这座战备洞知青们挖了两个冬春，秦四爹说他与文兰的结合就是在这洞里开始的，而父亲与白狗子也因这洞而结成了生死之交。

战备洞在十米深的地方要拐第一个弯，这弯怎么拐必须听秦四爹的。秦四爹从水库工地赶回来，他看了一眼就决定向右拐。秦四爹几乎没在垸里落脚便又来到水库工地，分明是各营连赶进度的紧张时刻，他却叫父亲等几个最卖力干活的男劳力回垸里休息几天。父亲往家里走时，秦四爹吩咐他们只许待在家里，不得乱跑，理由是怕影响不好。

父亲到家的第二天下午，垸里的所有房瓦都在头顶上响了一阵。接着就有人大叫说，战备洞垮了，知青都被埋在洞里了。父亲当即拿上工具，叫上那几个休假的人往后山上跑，战备洞的洞口完全塌了下来，洞里的动静一点也听不见。父亲他们顾不上想许多，趴在那洞口上拼命地往外刨着土。父亲整整刨了六个小时，中间一口气也没歇，连水也没喝一口。天黑后，父亲一锹铲下去，眼前露出一个黑咕隆咚的洞口。父亲从洞口爬进去时，除了白狗子尚能睁开眼睛看看他以外，其余的人全都昏迷不醒。父亲这时已顾不上去回忆在工地上的那场不快，他抱起比自己高出近一半的白狗子，从那不大的洞口往外推，别的人则在外面接着用手往外拉。洞里几乎没有光亮。父亲的目光除了在洞口附近有些用处外，越往里走越没用。救出十三个人后，父亲找了很久才又找到另外两个，父亲无论如何也弄不开他们紧紧搂在一起的四只手，那个男知青的手父亲还能对付，对于女知青的手他无论如何不能用力掰。秦四爹有一回对我说，那些女知青的手的确很特别，哪怕是平常见面握那么一下，也会有种过电的感觉，让人不能自持，以致他后来都不大敢同女知青握手。秦四爹说那时这一带无论男人还是女人，没有不崇拜女知青的，特别是男人，见了女知青个个都会眼睛发亮。父亲从战备洞里救出十六个知青的事大家都不怎么说，传说的是父亲居然能一次摸遍知青点上的八个女知青，言语之中充满嫉妒。父亲最终也没将那一对正在热恋中的知青分开，而是将他俩一起弄出洞口。后来，在外面接应的人都说他吃独食，他应该喊个人进去帮帮忙。

父亲最后找到的是文兰。为了找到文兰，他足足花了十几分钟。他几乎摸遍了洞底的每一个角落，可就是找不到。他要外面的人细数一遍，外面的人说确实没错只有十五个人，并且明确指出是缺文兰。父亲当时就觉得文兰一定是被塌方压住了，他这才唤了一个人进来。两个人正紧张地从里往外挖土，突然有个黑影出现在背后，她无声地走到他们身边，轻声说："我在这儿!"父亲吓出了一身冷汗，那个人更惨，当时就瘫坐在地上。事后文兰对秦四爹说，洞口被塌方堵死后，别的人都感到末日来临，哭的哭叫的叫，那几对相好的还不顾一切地亲热。就她特别镇静什么也不想，在洞底找个不受干扰的土台静静地躺着，迷迷糊糊地还睡着了一阵，所以她一点事也没有。

那些被救的知青对父亲感激不尽，特别是白狗子口口声声发誓要报再生之恩。后来，白狗子晓得父亲喜欢上母亲以后，几次出面找过欧阳，要欧阳不要从中搅和。他劝欧阳的话据说是这样说的：只有最没出息的知青才会真正喜欢一个乡下姑娘。这是秦四爹告诉我的。他说时没有挑明这话出现时的背景，像是笼统地泛指所有的知青。我是现在才判断出来它与我父母亲有关。

秦四爹用脚在地上跺了跺，说是当年的塌方就在这个位置上。

秦四爹望着我说："这里有个秘密。我对你说了你可不能向外说。那场事故是我故意制造的。我早就看出来洞口要塌方，我不提醒知青们，是想给他们一个教训，让他们背上一包恩情债，以后对当地人客气点。若不然，那么忙我怎么会将你父亲他们从工地里放假回来。我这是派的抢险队，事实证明，我这一招最管用。”

我瞪大眼睛想了半天才说：“你真是胆大妄为，老奸巨猾。”

秦四爹得意地笑起来，黑色黄牯也在地上打了一个响鼻。

秦四爹说，塌方后不久，战备洞就开始分岔了。文兰执意要在一条岔洞洞壁上挖一间小房子，大家拗不过她，就由她去，反正别人也不帮她。文兰对这间小房子特别来劲，每天上工，总比别人先来，比别人晚走。小房子有了雏形后，文兰又在里面留了几个土墩，她说一个是床，一个是小桌子，一个是梳妆台。早已不是她先前坚持要挖这小房子的理由，先前她说是得有一个能保密的司令部。秦四爹说他是在那小房子里同文兰真正好上的。那天他到山那边的小队里检查工作，回来晚了，就借了人家一只手电筒。经过战备洞时，他不知怎地就想进去看看。一走就走进了文兰挖的那小房子，而且发现文兰正独自睡在那张床上。手电筒照过去文兰也不晓得醒。当时，他一下子想起许多文兰平时对自己含情脉脉的表示。从最开始他吩咐文兰从此不用干沾水的湿活时文兰瞅着自己的多情眼光，到前几天开会时，文兰当着众人的面，将自己那开了花的上衣脱下来细心地缝补时的柔情蜜意。秦四爹说，他一想到这些就没法控制自己，他几乎是扑过去一把抱住文兰，也不管她醒没醒就大声说：我是秦老四。说着就前所未有地癫狂起来。文兰一点也没反抗，秦四爹忙完后还以为文兰没醒，他拧亮手电筒一看，文兰正瞪着大眼睛望着自己。

秦四爹说文兰没有反抗时，话语里除了深情以外还有些委屈。文兰同秦四爹幽会了几次后，人明显长好了，身子胖了不少，脸上也红润了许多。就在大家欣赏文兰一天比一天更漂亮时，文兰的肚子出乎意料地挺了起来。

我告诉秦四爹，白狗子他们还没有认真找过他，只是问过几次。秦四爹对这件事很关心。我的说法并没有让秦四爹扫兴，秦四爹说，他躲的时间越长，白狗子就越想见到自己。他要我先想办法让白狗子到自己的小屋里去看看，这样会加大白狗子他们的心理压力。

我不以为然地说："你这样做其实是虐待自己。"

秦四爹说："没有文兰了，我一个人算个什么东西。我就是要这样，让他们见了心里难受和惭愧，往后自我感觉不再那么良好。"

黑色黄牯突然一蹬后腿，猛地从地上站起来，它转过身子将头扭向洞口时，那根粘满土的尾巴刷地掠过我的眼前。秦四爹告诉我有人来了。果然随后就有人声传来。连我都能听出，来人是白狗子他们，那一串串调门总在高处滑行的语气只有城里人才有。

老远就能听见白狗子的声音，他兴奋地叫："个婊子，这洞还在，一点也没垮。”

接着是老五在说：“下次再来一定要在这儿树块碑，纪念我们能死而复生。”

随后是一片叽叽喳喳的声音，我听了半天，也没听见他们提到父亲救他们一事。好不容易终于等来这样的时刻，他们惊叹了几下真险以后，就迅速说起各自醒来时的情形。只有两个女知青在说过自己醒来时鼻尖几乎挨着一堆牛粪后，才提到父亲救她们的时机太关键了。但白狗子马上取笑她们，说人一旦面临死亡才懂得享受生活是何等紧要。女知青马上讨饶，要大家别提那种时候的事。只有老五想到文兰，他说真没想到面对生死考验都能万分冷静的文兰，竟坠入一个农民的情网。白狗子马上说，不是坠入而是被诱入，是秦老四用卑鄙的手段害了她。老五不能完全同意这个观点，他认为主要是文兰受到的打击太多，内心里特别需要一个能让她觉得可靠的男人的保护。他还觉得白狗子当时的做法过分了，光顾维护知青集体的面子而不顾文兰的心情，结果害了文兰一辈子。一个女知青也说，文兰后来执意要回城里去生下那个孩子，可见她是下了决心的。秦老四被抓走时她都哭晕了好几次，如果不是胎儿流产了，她真的会去闯公安局将秦老四领回来。白狗子说，正是因为这一点，自己才将好不容易弄到手的回城指标让给文兰。文兰一回城也就将秦老四忘了，第二年就嫁了人。老五说在他看来文兰并没有忘记秦老四，不然她怎么会同那么本分的一个男人过不到一块，而且对工作也是时冷时热。她突然跳江更是让人感到意外。她那单位里百分之七十的人下了岗，大家都以为她是逃不过这一劫的，结果她偏偏留在百分之三十里面。这样的时候笑都笑不够，她却选择了死。

秦四爹在我的眼前轻轻地颤抖着。

老五继续说："我后来了解过，文兰出事前有三天没有回过家，也没去单位上班。我算了一下，正好是从第一场知青晚会那晚开始的。有人看见她在晚会尚未结束时就退了场，出门后也没上公共汽车，一个人顺着大街往前呆呆地走着。我想一定是那场晚会刺激了她！"

洞口外面沉默了一阵，过了一会儿才有人说，当初他们硬将文兰与秦老四拆散可能是一个无法弥补的错误。若是让她嫁给秦老四，至少不会走现在这条路。白狗子反对这样的假设，他提醒大家看看秦老四现在过的是什么日子，文兰真的当初跟了这个人，说不定早就饿死了。老五则不同意，他说真正的爱情和美满的婚姻可以改变一个人的全部生活道路。他举例说白狗子仅仅是几个月前找了个美丽可人的女孩做情人，买处房子当金丝雀一样养起来，人就容光焕发，生意一笔比一笔赚得多，回家也不同老婆吵嘴打架了。而像秦老四这样的人更容易满足，更容易将很平常的事当作天大的幸福。这样他会更卖力地过日子。

白狗子像是不愿意讨论下去，他让大家还是先进战备洞里看看，说不定还能找见当年从手掌上掉下来的满地的茧花。

我已经看见了从洞口射进的一个人影。

秦四爹突然在黑色黄牯背上猛拍了一巴掌，还叫了声什么。黑色黄牯猛地朝洞外蹿去，跟着洞外传来一片惊恐的叫声。

黑色黄牯出了洞后，扬着一对犄角漫山遍野地追逐着白狗子他们。别人还好，包括那几个女知青，都能很快地逃到山下，在一处处屋角后面探头往回看。白狗子太胖，怎么也跑不动，好几次都快让牛角挑着了，幸亏那些山路旁的树木，一见情形不妙他就往树后躲，闹出几个惊险场面，最终还是没事。只苦了脚下的那双皮鞋，老五说那鞋的牌子是花花公子，一双得花八百多元。

秦四爹还是不肯下山，他宁肯在山上继续观望。

我回到家里时，父亲与白狗子谈得正火热，母亲则在厨房里炒瓜子，一股浓浓的香气弥漫在屋里的每一个角落。母亲炒瓜子的手艺非常有名，连白狗子都晓得。他们在这儿当知青时就吃过母亲炒的瓜子。白狗子称赞母亲炒的瓜子可以当营养品，如果到城里去开家炒货店准能赚大钱。父亲不同意，他说母亲炒瓜子的办法他见多了，一点窍门也没有，除了盐什么也不放，然后全用松毛柴烧火，就这两点。盐还好说，可城里哪来的松毛柴哩！白狗子说他可以派车到垸里来拉。父亲还没说出来，母亲先在厨房里回答了。她说，现在不管什么，只要是卖的，总要或多或少掺点假，那样的事她干不了。母亲的话说得父亲眉开眼笑。

我和姐姐的事，父母亲显然已同白狗子谈过了。

在他们说瓜子的时候，白狗子不停地用目光打量我。我有些不自在正想抽身往外走，父亲叫住了我。

父亲说："白伯伯想带你到城里的大医院里治治那病，你愿意去吗？"

我说："我没病了，病全好了。过了年我要继续上学读书。"

白狗子说："要不了多长时间，你也别担心我会多花钱，我现在最不缺的就是钱。你放心好了，你父亲救了我一条命，我早就想找机会报报恩。"

我说："你有钱是你的事，我治不治病是我的事。"

说完这话，我突然想到自己为什么对白狗子他们这般反感，他们其实并没有招惹我。但我似乎从心里讨厌他们，特别是这个白狗子。

父亲吩咐，让我将姐姐的来信给白狗子看看。父亲说白狗子已经拍了胸，让姐姐进他的公司，他会好好照顾她的。

我说："姐姐不是在别处干得很好吗？"

我进房里找姐姐的信时，顺手将打开的门又关上。我从枕头下面将信取出来，将那些文字从头到尾看了一遍后，又将它夹在高一数学课本中藏起来。我不想将姐姐的信给别人看。

磨蹭了一阵，父亲推门进来，问我信找到没有，我说找不到，可能是被老鼠拖进墙角的洞里去了。父亲不相信，问我到底怎么了，干吗对白狗子一脸的冰霜。我告诉父亲，秦四爹让自己带了话回，要他对白狗子多注意点。父亲不以为然，他认为秦四爹是老倔了，在往事的旮旯里拐不过弯，回不了头。父亲要亲自动手找那封信，我急了，就威胁说，如果做父亲的不相信自己的儿子，那就等于生病的人不相信医生给的药。我顺手拿起放在桌上还没有煎的草药要往窗外扔，父亲只好作罢。

我听见他出房门后对白狗子说："大树对他姐姐的东西看得比命还金贵，不愿给外人看。他有病，只好迁就。"

父亲就是这样的人，他相信谁时，什么话都如实相告。

母亲的瓜子已经炒好了，外面传来一片嗑瓜子的喳喳声。

白狗子抽空说了句："男孩就要有个性，这样才会有大出息。"

父亲说："你们当知青时人人个性鲜明。"

白狗子说："后来也叫秦老四整得差不多了。他那一招真绝，让我们去挖战备洞，名义上是照顾我们，实际上是磨我们的棱角。一天到晚待在那里面，风霜雨雪都见不着。一副埋了没死的样子，不同别人发生冲突，整整挖了两年，见了你们就像见了亲人。”

父亲说：“那也是老四的一片苦心，他怕我们在一起时搞不好又要打架闹事。”

白狗子似乎笑了一声，他说：“现在我对你说实话，那一次在工地上我是少记了你一担土，因为我觉得你瞪了我一眼。但你说三天中少记了四担土则是冤枉。”

父亲的笑则是明显的，他说：“那时主要是心里有气，瞧你们舒服地坐在那里不顺眼。要说这事，幸亏老四处理得聪明，马上将你们调回来。不然你们可要吃大亏，大家都策划了，要找机会收拾你们一顿。”

白狗子说：“我们心里也有数，也在做准备。不过就算我们皮肉吃了苦，倒霉的还是你们。那时知青就是现在的熊猫。要不然秦老四怎么会被抓到牢里去了。若将文兰换成本地姑娘，准保屁事没有。”

我现在才相信秦四爹的话，这帮知青自我感觉到现在还是这么好。我找了一把锁，将房门锁好。我不想父亲在找不到信后又将姐姐的照片拿给白狗子看。我往外走时，母亲追上来，将一把热乎乎的瓜子塞进我的荷包里。

只一会儿没露面，晴朗的天空就变成阴沉沉的了。从山上刮下来的冷风穿过棉衣拼命地往骨子上扎。我缩了缩身子，还没有直起腰，就听见后山上传来一声牛叫。那声音在北风里回荡了很久。

知青们分散在各家各户，一般人家都为他们在堂屋正中烧起了火塘。我在垸里走了一圈，大家都闻到了我荷包里的瓜子香。我明白有人同我打招呼是想分享几颗瓜子，我装作不明白，反问他们看见老五没有。大家都说没见到他，我就想他可能一个人猫在帐篷里。我赶到河滩上，意外地发现昨晚哭着离开这儿的那两个婶子，正坐在一顶没有他人的帐篷里相对哭泣，两个同病相怜的女人互相抓着对方糙得像木梓树皮一样的手，除了眼泪一个字也说不出来。

我悄悄地退回来，经过白狗子他们放车的地方时，隐隐听到一丝音乐。我往那几台车子跟前走，音乐声越来越明晰，像是一个外国女人在用英文唱歌，我从未听过，但觉得很熟悉，后来我才记起，它很像外国电影中那些教堂里的唱诗班在深情歌唱。汽车车窗都贴着一层外面看不见里面，里面却看得见外面的薄膜。我朝那有歌声的汽车轮胎踢了一脚，车门一开，露出老五的人头来。

我说："我到处找你。"

老五说："有事吗？我刚来了灵感就躲在车里写一个节目哩！"

老五让我坐进车里。汽车引擎在轻轻响着，车里非常暖和，老五说帐篷里冻得伸不直手指，他只好到车上来开暖气。

老五写的这个节目是讲当年知青点上的真事。那时大家都盼着回城，好不容易盼来几个指标名额，大家顿时欣喜若狂，可一想到有人得留下来时，无论是谁都悲痛万分。谁走谁不走谁也开不了口，最后只好抓阄，没想到抓到“走”的人都像个罪犯，抓到“留”的人成了一时的英雄。

老五说给我听时，几次哽咽得说不下去。可我一点也不觉得感动。

老五大概看出来了，特别悲哀地说：“这段历史怎么能说忘就忘了哩!”

我无法同他说什么，我只关心自己想关心的事。

我问：“你们城里的人都在找小情人吗?”

老五对我的问题没有准备，他愣了一下才说：“你还是小孩哩，怎么能问这个!”

我固执地说：“我就是想问这个，你是不是也有小情人?”

老五说：“我怎么会有。我老婆是公安局的，若被发现，她会一枪崩了我。”

我说：“那白狗子怎么敢找?”

老五说：“你把我们的话都听进去了！白狗子不一样，他的公司大、业务多，成天在女孩子堆里泡，谁还管得了，除非让他不做业务了，回家当个穷光蛋。”

我说："你见过白狗子的小情人吗？她长得怎么样？是哪儿的人？"

老五说："白狗子的历任情人我都见过，现在这一个长得怎么样就不好形容，你见过电视里做甜梦口服液广告的那个影星陈红吗？就像她！"

我心里一惊，垸里有彩电的人差不多都说过，姐姐的长相与那个做甜梦口服液广告的女人一样好看。

老五可能从我的脸色看出些什么，他又说："那女孩是安徽金寨人。"

金寨离我们这儿有一百多里路。我们这儿归湖北管。不过我还是不放心，我说："要是你不认识我，我说我是河南人你也不能不信。"

老五说："白狗子可不是好骗的人，他看过那女孩的身份证，上面清楚地写着。"

虽然我明白现在身份证也可以造假，但我相信姐姐不会这么做。甚至她根本就想不到世上还会有这样专业的骗人招数。姐姐出外打工的前一天，垸里的一个女同伴晾在外面的一双袜子不见了，人家随口问她有没有看见谁拿时，姐姐就红着脸说不出话来。

老五又说："白狗子这人就喜欢山里的纯情女孩，见一个动心一个。他人不坏就这么个毛病。这也是当知青当出来，我们只是没做，心里的感觉是一样的。”

我放下心来后就同老五说别的。我说：“山里的男人也很纯情，你看秦四爹，放着好日子不过，一心一意地等着那个叫文兰的。”

老五说：“他那叫苕，那本是不可能的，何苦还要如此哩！”

我说：“你们是不是觉得秦家大垸的人都苕？”

老五忙说：“瞧你这么敏感，怎么敢说你们苕！”

我说：“你们应该去看看秦四爹过的什么日子。”

我要下车却打不开车门，老五伸手帮了一把。车门开后，我站在地上扶着车要老五随我到秦四爹屋里看看。老五看了看手中那几张写满字的纸，迟疑了一下还是从车里钻出来。我看见他在寒风中情不自禁地抖了一下。

天空阴得更厉害了。偌大的垸子几乎看不见一个人影，大家都猫在屋里。老五关上车门之前，先将车里的录音机关了，我问他刚才听的是什么音乐，他随手将那歌带取出来让我看了一眼。我还没认出上面的英文的意思，老五就藏宝贝一样收了回去。我同老五说话时，那音乐一直在影响我，音乐猛一停时，我心里有种丢失什么的感觉。老五比我的感觉还强烈一些，他是用双手捧着将歌带小心翼翼地放进盒子里的。老五盯着盒子上那外国女人沉静的眼睛，神情像是在拜佛。空寂的稻场上，一头母猪正在用嘴叼着一团稻草匆匆地往它那窝里跑。

老五望了望四周，说这迹象是天要落雪了。老五有些得意自己还没忘记多少年前自己在这儿学会的气象知识。

秦四爹的房子在垸子的最西头，那儿的风最大，一点遮拦也没有。风头过来时，像十头黄牯一齐发癫那样，让人听着就心惊胆战。那所破旧低矮的房子在这样的大风中年复一年地挣扎着。老五问我，秦四爹以前的那所大房子哪儿去了。听说是被拆了给公路让路，老五就想到有关部门必须还给秦四爹一所房子，决不应该只让他在这破房子里度过半生。

秦四爹的门钥匙放在墙上的一个窟窿里，这个秘密全垸的孩子都清楚。我不止一次地问秦四爹，他屋里没有一件别人想要的东西，这门上锁有什么意义。秦四爹总是对我说，只有上了锁才像个家，不然别人会以为那是牛栏与厕所。

开门后，老五将一只脚伸进去又下意识地缩回来，他回头看看我，意思是问有没有搞错。我什么也没说，自己先钻进屋里。老五只好跟进来，然后默默地看着屋子里的一切，一个字也说不出来。昏暗的屋子里只有一张破桌子和一只破凳子，黑乎乎的灶台上搁着两只白瓷碗。秦四爹没有床，他就在地上铺着几捆稻草，一床旧棉被胡乱扔在草堆上，相距不到两尺远就是牛睡的地方，尽管有一股臊味但屋子还算干净，没有见到牛屎牛尿，并且稻草也都堆在该堆的地方，别的地方难得见到一根。在屋里多站一会儿，让眼睛适应了以后，还能看见桌子、凳子和灶台被经常擦拭而留下的光泽。

老五问："村里怎么不给秦老四以救济。"

我说："有救济，可他不要。"

这时，门口一暗，白狗子出现了。他冲着屋里说："这种破地方，你们来干什么?"

我没作声，是老五对他说，这是秦老四的家。

白狗子听明白后，也怔怔地进了屋。他看了不止一遍后说："秦老四怎么会是这样，他不应该是这样。我还以为他现在应该活得比谁都好!"

我想起秦四爹的话，就问："你们现在怎么想，不觉得心里难受吗?"

白狗子反问我："你这话是什么意思！又不是我们叫他这样，更没有逼他，他自己喜欢这样过，谁又管得了!"

我对这话很生气，将目光从白狗子脸上挪开，一低头发现地上有块白花花的东西。弯腰捡起来，见是一封信。我同秦四爹一道玩了这么多年，从未见过有谁给他写信，就是口信一年当中也难得有人捎给他几次。我看见信封上的地址是城里的，心里更加吃惊。老五先凑过来，只看一眼，就惊叫起来。他说，是文兰写的。白狗子不相信，他将信接过去在门口的光亮中细细看了一阵才表示，地址的确是文兰的。他还看了邮戳，正是文兰跳江的那一天。

一片白色的小东西落在信封上。没等我们看清它那美丽得有些凄凉的纹案，它就变成一粒晶莹的小水珠。我们都明白它就是雪花。

落雪了！跟在第一朵雪花后面的是纷纷扬扬的数不清的雪花。

白狗子和老五要我做主将信拆开，看看文兰对秦四爹说些什么。我不愿拆它，不是我不敢，秦四爹的眼睛早就老花了，这么小的字他必须请我替他认。我只是要他们上山去将秦四爹找回来。在白狗子和老五不停的请求声中，我坚持不拆，非要等到秦四爹当了面才肯拆开它。

出了那破败的小屋，白狗子和老五一直在我身后跟着，转眼之间，雪就落满了天地。空中白白的，乱乱的，特别苍茫。知青们闻讯都围了过来，那几个女的，手指还没摸着文兰的信，眼圈就红了。我有些抗不住，差一点便答应了他们。幸亏黑色黄牯又在后山上长嗥了一声。我冷静下来，告诉白狗子，他们不去找秦四爹，只想拆他的信，这样做太不讲良心了。我说完后他们就不再作声，片刻后，一群人不约而同地一齐往后山走去。

我没有跟着去，就在秦四爹的门前等着。在我向山路凝望时，捧在手中的信封上迅速积满了一层雪花。

不知过了多久，白狗子他们簇拥着秦四爹和黑色黄牯从后山上走下来。秦四爹一拐一拐的身影在人群中特别刺眼。一路上的动静，一点也不像他们之间说过什么。

秦四爹显得比知青们平静，雪花一阵阵地扑打在他的脸上，他那满脸的皱纹竟不见动静，就像远处的千山万壑一样。

拴好牛以后，秦四爹才朝我眨了一下眼。

我小心翼翼地撕开封口。

文兰的信很短，只有不多的几行字：

老四：

你现在过得怎么样。我最怕你脾气犟，让自己吃亏。人毕竟只有一生。你也莫怪别人。像我，我只怪自己。原以为嫁了个老实人，没想到前几天他竟然将发廊里的女人领到屋里来了。我一直没有梦想，现在我只想到那边去，看看那边有没有从前的那种战备洞。

文兰

我将信递给秦四爹时，被白狗子半路截去。信在知青们手上转了一圈才到了秦四爹手中。秦四爹不看信，他将目光向屋里望去。不知是什么原因，大家都觉得眼前一亮，非常清楚地看见对面的墙上，有一幅用木炭画出的人头像。

白狗子带头，大家齐声说：“真像文兰！”

秦四爹这时才冒出一句话：“那是摸黑画的。”

天黑后雪越落越大，白狗子他们只好改变原先的计划，只将几个来秦家大垸新编的节目在我家的堂屋里演了一遍。也许是因为文兰的那封信，他们演得特别投入。白狗子挺着水桶一样的肚子居然还能跳舞。垸里的人开始还觉得挺好玩。演到知青们为了一张招工表而又笑又哭时，垸里有人说了句：“怎么走不了就像是在地狱受罪，那我们前几辈子没有走，后几辈子也没有走，钉在这儿就是理所当然的吗？”说着话他就领头走了，一会儿大人都走光了，堂屋里只剩下一群不知事的小孩。

秦四爹从头到尾都没离开。他对我说，他在那群人中总能看见文兰的影子。我问秦四爹，怎么白狗子他们一去他就跟着下山了。秦四爹说没办法，雪太大，黑色黄牯抵挡不住。

我还要同秦四爹说话，突然觉得身上不对劲。我明白是那病又要发作了。我赶忙叫了声父母亲，他们跑过来将我抱到床上放平。从前这病发作时，我从未失去过知觉，这一次我一躺到床上就人事不省。

我是被一阵惶恐的声音惊醒的。我从未见过白狗子用如此不妥的声调说话。

白狗子惶惑地小声说：“怎么会是这样！她怎么可以是小树的女儿哩！”

老五的声音更小："我还劝过你，找小蜜要当心，搞不好就会碰上朋友的骨肉。"

白狗子说："我哪晓得，她有身份证，一口金寨话又学得那么好。"

老五说："你还是冷静点，说不定会错中错。"

白狗子说："怎么错得了，这相片是我陪她去照相馆照的。"

刹那间，我明白是怎么回事了！我从床上跳下来，不顾浑身的疼痛，一下子扑过去，狠狠地咬住了白狗子的一只手。我没有感到白狗子的挣扎，只感到老五在拼命地想将我拉开。我死不松口，想将白狗子的肉咬下来。我差一点做到了，当我的牙齿感到一股血腥味时，父亲闻讯跑来强行将我拖开了！接着母亲也过来将我紧紧地搂在怀里。母亲以为我病得厉害，忍不住边哭边诉地说等姐姐挣到足够的钱就好了，就可以替我找高明医生将这怪病诊治好。母亲说时，眼睛还乞怜地望着白狗子。我心里滴着血又不能说，我只要父亲将白狗子和老五他们撵出去。

屋里只剩下我和母亲时，我望着姐姐的照片号啕大哭起来。母亲以为我想念姐姐了，就叫我别着急，白狗子他们明天一早就回城里去，请他们给姐姐捎个信，请假回来一趟。我用双手捂着母亲的嘴不让她说下去。

就这样我哭了整整一夜，天亮时，父亲走进来，有几分高兴地对我说，白狗子答应今天就随车带我进城找最好的医院最好的医生，将病治好，一切开支都由他那公司里出。我听后大叫一声，说自己宁可死，也不去城里治病。还叫父母亲马上去将姐姐找回来，别再在城里待了。

天色越来越亮，从窗户里都能看见外面的大雪茫茫。父亲劝不动我，便要强行将我拖进那辆黑色的凯迪拉克。我犟不过他，就将两只脚在雪地里划出两道深深的沟槽。我反复说着这凯迪拉克是具装死人的黑棺材，坐在里面的人都得去死。

秦四爹这时从雪地里走过来，他推开父亲将我拉到远远的无人之处问到底发生了什么事。我将姐姐的事告诉了他。他听后许久一句话也没说，直到父亲又想过来催时，他才对我说，病是不能不治的，但不能用他们的钱。我看着秦四爹回到他那快被雪压垮的小屋，不一会儿手里拿着一只纸包走过来。

秦四爹将纸包放进父亲手里，他说："这是一万块钱，我用不着它了，原准备文兰回来，现在全送给大树，治好了病再好好读书，做一个我们自己的知青。"

父亲从未见过这么多的钱，他捧着纸包呆呆地不知说什么好。母亲有些语无伦次地说："白总都已经答应了，我们不能再乱花别人的钱。"

秦四爹说："我这钱来得辛苦，用它买药治病见效快！"

秦四爹要父母亲不要谦让了，赶快商量一下由谁陪我进城看病，父母亲都想去，大家也说可以一起去，顺便在城里玩一玩，难得有这么一个机会，同时还可以看看姐姐。我不同意他们去，如果他们从姐姐那里看出破绽，那会要母亲的命的。我说既然是秦四爹花的钱就让秦四爹陪我去，秦四爹从前到城里去开过积极分子大会，不比父母亲对城里的情况一无所知。我悄悄地对秦四爹说，让他去是为了方便将姐姐接回来。

秦四爹一答应，父母亲便不争了。他们很快就帮我收拾好了行李，我不愿坐白狗子他们的车，要秦四爹带我到镇上去搭公共汽车。秦四爹瞪了我一眼说："就坐他们的车，他们能坐我们为什么不可以坐！"

另一边，父母亲还在对心不在焉的白狗子说着许多感谢话，我想过去将他扯开，秦四爹用一双老手紧紧握住我的手不松开。

秦四爹摸着我的头说："记着毛主席的那话，要奋斗就会有牺牲，死人的事是经常发生的。"

天地在一刹那间变得很静，只有雪花的簌簌声。突然间，那个外国女人的歌声又响起来了，雪野顿时一派肃穆。别的人都没动，只有白狗子和那几个知情的知青，用双手抱着自己的头，拼命地向地下低去。

1997年10月

暮时课诵

1

傍晚的天空很灿烂，小柳家里却阴沉得很。爱人回来时，小柳正在洗菜。他先听到门外有钥匙串在响，尔后，很重的高跟鞋声就进来了。片刻，客厅里砰地响了一下。他起身去看，一只杯子已粉身碎骨地躺在地上。小柳也不问，又走了几步，操起一只热水瓶，轰轰隆隆地掼在杯子旁边。开水溅到爱人的脚上，爱人忍着不出气。小柳也不说什么，依然到厨房里洗那把白菜。菜刚洗完，他听到门咚地合上了，还有三保险门锁咔嚓的转动声。

他明白这是爱人将门反锁上了。

小柳依然不吭声，将菜切了，炒好，又煮了一个人的面条，独自吃起来。正吃着，门锁又响起来。

进来的是丈母娘，她问："你媳妇呢?"小柳一睃丈母娘手上的钥匙："不是给你送钥匙去了?"丈母娘被问住了，就换个话题说："你俩这又是怎么啦?"小柳说："没什么，她不小心摔了一只杯子，我不小心摔了一只热水瓶。"丈母娘咽了一口唾沫："她单位里闹什么改革，改成了经济实体，所以心情才不好!"小柳说："晓得。我还劝她生闷气没用，这事是政治局和国务院让搞的，有意见朝他们提去。"说着他一看表，"哎哟!新闻联播来了。"边说边去开电视机。身后，丈母娘扭头走了。小柳撵上去，大声说："有人约我今晚去跳舞。妈，你和她说一声。她若不去，我就一个人去了!"小柳说话的语气，让走在前面的老太太直想跺脚。

爱人在七点半之前赶回家时，小柳已钻进被窝躺下了。爱人搬开三人沙发，铺上一床被子，也睡了。半夜里，小柳听到有哭声，他翻了一下身，仍然睡得很香。他俩这样快半年了，谁先睡，就占着床，后睡的只有在沙发上将就一夜。

早上起来，去打饭时，在楼梯转弯的地方，小柳碰上了同事海鸥。海鸥拦住他说："昨晚怎么没去?害得我和爱红白等一场。"小柳一乍："哎哟!我怎么就将这跳舞的事忘了呢?"海鸥说："别装!谁不晓得你是模范丈夫，怕老婆天下第一!"小柳立即正色说："我有言在先，只要没离婚，就不和别的女孩约会。"海鸥说："别得意，谁和你约会了?不就是想找个舞伴，散散气，开开心！”说着话，楼梯一阵颤抖。小柳的爱人提着一只菜篮，一脸晦气地从天而降。海鸥见了忙说：“嫂夫人这么早就去买菜呀？”隔了半天，才从楼梯底下传上来一句：“别想我绝食，我不会那样苕！”海鸥听了一伸舌头：“怎么，你们也吵架了！”小柳说：“我们才不吵架呢，什么事都是暗自较劲。”海鸥看见小柳要下楼就说：“我那位刚才赌气走了，这四只馒头，你正好可以拿两只去。就别排队了。”小柳说：“你不是每餐只要一个馒头？”海鸥说：“还有一位。”小柳问：“谁？”海鸥说：“爱红。”小柳说：“又闹起来了？”海鸥点点头：“他们啦，这一回怕是要彻底解决啦！”小柳叹了一口气：“她那丈夫，白读了一回大学，蛮得像头牛。分开了也好！”

小柳拿上两只馒头，下了楼，将碗放进自己的信箱里，径直去上班。

他边走边想心事：自己与海鸥、爱红三人，都是去年五一结婚的，婚礼由局团总支操办，很热闹的一次集体婚礼。没想到，不到一年就闹成了反目为仇的模样。她们俩是明闹，别人都晓得。自己是暗闹，外人几乎都不清楚。局长和他们谈过几次，还将闹的理由归纳了一下，无非是过去的机关改成经济实体后，大家都忙，顾不上家里的事。局长要他们都忍让一下，等习惯了这种工作节奏后，就会好的。可他们觉得连一分钟都难忍受下去。

拐进机关大门，迎面一个灰不溜秋的人，朝他一合掌，说了一句很古怪又很熟悉的话。小柳看清这人是和尚时，才明白这句话是阿弥陀佛。换了别人，小柳会生气的。在这个机关里上班，对来办事的人发脾气、撵他们走路是常事。但小柳今天由于好奇就没有发脾气，心里想，这和尚来财政局干什么？嘴上却问："找谁呀？"和尚说："我也不晓得该找谁。"小柳说："连找谁不找谁都不清楚，那来干什么？"和尚说："这样说吧同志！我姓释，是灵山寺的，由于近来庙里香火不太好，这一段每天只能开一餐僧饭。显光师父就让我写了一个报告，请财政局补助一点。我们是头一回向政府化缘，不知这手续该怎么办，才特意来早点，想找个同志请教一下。"

小柳一听这事就来了精神，打开办公室，随手开了日光灯，将啃剩下的半只馒头往桌面上一放，拿起和尚递过来的报告，一字不漏地细看一遍，说："只要一万块，数字倒不大。"和尚听了连忙说："其实，只要五千就行。只是听隔壁林场的人说，要五千，至少得写一万，才多写些的。"小柳说："佛家子弟倒也真诚实，与凡俗不同。"忽然，小柳想起什么："你刚才称呼我什么？同志？"和尚不好意思地说："按佛门规矩，本该称施主。可对政府领导这么称呼，就太不恭敬了，只好这么叫，你可别见怪！"小柳说："哪里哪里呀！"

说着话，上班的人都陆续来了。

大家轮番看着小柳递来的和尚们要钱的报告，还没看的和看过了的，就把目光去扫那和尚。和尚受不了这目光，挺难为情的。

人越来越多，连楼上楼下各个办公室的人也都闻风来看稀奇。海鸥也来了，一口气挤到和尚面前，看了几眼忍不住发问："和尚师傅，都说灵山寺的菩萨灵，有求必应，你说句实话，到底真灵还是假灵？"和尚见是女的，就闭上眼，合掌说："俗话说，心诚则灵。佛门之事也是这个理。"海鸥追问："怎样才叫心诚呢？"

这时，走廊上有人大声说："行财股是不是又在分东西了，怎么这热闹？"小柳赶忙迎上去说："李局长，灵山寺来了位和尚，还有一份报告，想要点钱。大家是头一回遇上这事，不知怎么办好，正商量找你请示呢！"李局长进屋来，小柳从人群中找回那份报告，递上去。李局长一摆手："我眼镜没戴，看不清。"小柳就大声念一遍。

李局长听完后不禁一笑："这改革还改出鬼来了，连和尚都晓得找财政要钱。庙里养了那么多的和尚、尼姑，怎么不出去化缘？"和尚就解释："庙里僧尼虽然很多，可真正能出门做事的并不多，大多数人是因为有病无钱治和老来无依无靠才半路出家投靠佛门。加上周围一带地方，都在搞精神文明，不准人上山进香，功德钱收不了几个。又有初当香客的人，只顾磕头拜佛，不晓得捐钱积功德，显光师父又不准弟子们开口提醒，所以才弄得现在这么个僧多粥少的局面，不得已才请政府帮忙。”李局长说：“你大概是庙里的二把手吧？”和尚说：“还没明确，不过这些杂事都归我管。”李局长说：“你这庙里的情况和我这里差不多，我实话对你说，如今县财政连全县干部的工资都发不出，哪能顾得上你们这些出家人啰！回去和你们一把手说说，尘世在改革，仙界不动也不行呵！”

和尚不会软磨硬泡，念了一句阿弥陀佛收起报告便走。

人都走光了，海鸥便对小柳说：“明天是星期天，我们去灵山寺抽个签怎么样？”小柳正在想怎么回绝，爱红从门外进来了。海鸥一怂恿，爱红就说：“去倒想去，就是不会骑车子，太远了，难走！”边说边把眼睛瞅小柳。海鸥说：“小柳去就行，他可以骑车带你。”爱红说：“人家星期天事多！”小柳连忙说：“去。我早就想去那庙里看看呢！”

爱红浅浅一笑：“昨天我去统战部玩，碰见一个和尚正在那儿打小报告，说庙里当家的显光师父管理不得法，收了一些好吃懒做的人，搞得庙里经济上一团糟，政治上也很混乱，要统战部派工作组去搞整顿。”说到这里，爱红压低嗓门，“那味道，非常像李局长在县长面前说胡局长。”大家听了都笑起来，很开心，看不出有正在与丈夫或者老婆闹离婚的迹象。笑完，她俩就回自己的办公室去了。

小柳静下来后，看见半只馒头仍在那儿搁着，刚伸手去拿，爱红急急地跑回来唤他去她办公室。

爱红的文印室窗户开在一条小巷里，隔着玻璃可以看到，李局长正同和尚说些什么，还拿了些钱给那和尚。和尚还了他一个揖。“肯定还念了声阿弥陀佛，只是听不见。”小柳又说：“昨天打小报告的是这个和尚吗?”爱红说：“有点像。”又说，“我最讨厌李局长这种人，当面一套，背后一套。”

爱红在小柳面前说话，越来越不藏心思，小柳觉得其中藏着什么，但他从不敢细想。

2

星期天早上，小柳破例没有睡懒觉。他昨晚有意看综艺大观，等他关了电视机，里屋的床果然让爱人占有了，他便如愿地在沙发上睡了一夜。天亮后，小柳悄悄地起了床，从食堂里打回饭菜，放在电饭煲里保着温。吃完自己那一份后，他就打扮得潇潇洒洒的，站到县城的十字路口上等人。

等待的时候，见不着一个眼熟的，只有进城赶早市的农民在眼前晃来晃去。小柳就去路旁买电烤饼吃，交了五毛钱，拿到一张厚纸片，正在排队，眼前霞光一闪，一个小个子女孩骑着一辆红色自行车，穿着红大衣、红弹力裤，从马路那头过来了。小柳赶忙喊：“海鸥！海鸥！”海鸥眼角一扫，见了他，忙跳下车，并说：“给我买两个，我还没吃早饭呢！”小柳真的又掏钱，拿到两张厚纸片。

这时，第一锅电烤饼已经熟了，大家都围上去抢。小柳挤拢去迟了些，只抢到一只。他看见对面一个人抢到了两只，就朝那人叫了声：“王厂长！”王厂长反应很快，立即找准了人，“哟，柳股长，你也吃这个？”小柳说：“不只是我，还有海鸥会计也想吃呢。可下手慢了，只抢到一只。”王厂长忙说：“刚好，这两只先给你们，我等下一锅。”小柳也不客气，就用手里的纸片和他换了。王厂长一脸笑容地小声说：“我们厂申请的那笔周转金，什么时候可以批下来？”小柳说：“你星期一来看看吧。”王厂长谢过后，重新回到烤炉旁边使劲挤别人。

海鸥咬了一口饼，说：“几毛一个？我给你钱。”小柳说：“算了，昨天拿了你两只馒头，不是也没给饭菜票！”海鸥说：“我倒忘了。还以为占了你的便宜。”远远地看到爱红款款地走来了。小柳忍不住说：“我总觉得你和爱红的闹不一样。爱红是真闹，你是闹着玩的，小两口过腻了，无事生出是非来。”海鸥说：“我也总觉得你心里偏向爱红，对我只是在应付。”

小柳还没想出话来回答，爱红就到了近前，很好看地一扬眉："你俩在说什么悄悄话?"海鸥说："说你呢，三四天没回去过夜，昨天回去恐怕是小别胜新婚呢!"好好地，爱红突然阴了脸，说："他敢碰?我枕头底下搁着小刀!"小柳觉得这话就像发表声明，有说给自己听的意思。海鸥转变也快："大清早怄什么气。来，吃一只电烤饼，小柳特别为你买的。"爱红接过去吃了两口，脸上逐渐恢复了原先的模样。小柳问："一只够么，要不要再买一只?上山路顶累人。"爱红说："我带了干粮。"

吃完电烤饼，爱红和海鸥都将手帕伸到小柳面前。小柳一愣，然后用海鸥的手帕擦右手，用爱红的手帕擦左手，并说："我这样做很公平吧?"海鸥说："貌似公平。可左手离心近，右手离心远。"小柳说："你可错了，我是异心位，心长在右边。不信你摸摸。"海鸥说："你让爱红摸吧!"说着，一抬腿，骑上车子走了。

小柳推动车子，但不能骑，此处正是上坡。走了一程，到了坡顶，才骑上去，他没作声，爱红就很默契地坐到车子后面。海鸥已将他俩落下两百米。小柳刚想松开刹车。就听见爱红在耳边说："让她去，莫追。"隔了一会，爱红在身后忽然问："你的心真的长在右边?"小柳说："没那回事，蒙海鸥的。"

下完陡坡，来到平路上，小柳感到两只手悄然落在自己的腰上，温温柔柔地有一股暖意伴随而来。小柳见路上来往的人渐渐多起来，心里有点怕，犹豫了一下，还是没让那手从腰上松开。这样走了两里路，小柳忽然说："有熟人来了！"后面的爱红迅速松开了手。刚做完这些，一个戴草帽的中年人，骑着一辆吱吱作响的旧永久车，迎面驶过，车后绑着一只大竹笼子，里面装满了公鸡母鸡。小柳叫声："冯股长！"那人一点反应没有，径直走了。

爱红在后面问："哪个冯股长？"小柳说："你来之前，他在我们股里当股长，很有权，人挺正直，水平也不错，还准备让他当副局长。就这样遭到别人的妒忌。冯股长有个相好的女人，大家就捏住这只痛脚使劲整他，最后将他整到林工商公司里去当副经理，以后就每况愈下。"爱红说："你怕是看错了啵，行财股的股长，再倒霉也不至于去当鸡贩子。"小柳蹬了几圈才回答："也是，瘦死的骆驼比马大，掌了这么多年的财权，总该有点过硬的关系呀！"

转了一个弯，看到海鸥站在路边。他俩忙下了车。海鸥用手帕扇着风说："碰见冯股长了吗？就是那个鸡贩子！"小柳说："鸡贩子倒是看见了一个，可拿不准就是冯股长。"海鸥说："烧成灰我也认得他。他骑的还是财政局的那辆车子呢！"小柳说："海鸥你就爱记仇，那年他把你从行财股撵到农财股，主要是嫌你算盘打得不好，也没别的原因。"海鸥说：

“狗屁。反正结婚了，也不怕你们笑。有一回，他要摸我，我不让，还唾了他。”爱红说：“那你当时怎么不揭发出来?”海鸥说：“是我妈不让公开，她说那样做，等于是自己屙屎往自己脸上抹。”

说着话，路旁的垸里有夫妻俩在打架。哭闹吼叫声，听得一清二楚。男的骂：“臭婆娘，老子好不容易挣了几块钱，留着买烟抽，你这缩头乌龟吃了豹子胆，竟偷去供了菩萨！”女人哭：“还不是为你老子去还愿，七老八十的，总也不死，长年累月害病，把这个家都拖垮了。我不去求菩萨，还能求谁呢！”男的骂得更凶：“你这个臭婆娘，今天不去庙里将钱讨回来，我就用刀剜了你。”听到这话，爱红的脸一下子红了，催着快走。海鸥却听上了瘾，非要看个水落石出。小柳见爱红非要走，就说海鸥：“你是想从这女人那里学两招对付男人的办法啵！”海鸥果然中计，说：“他敢这样待我？他爸妈还没生出这样硬气的种来。”说着一推车子，走几步后，就将身子移到座凳上去。

车轮开始滚动在田间小路上，三个人小心翼翼地，不敢多说话了。走了约半个小时，就到了灵山脚下，往上全得靠步行。他们将两辆车子锁在一起，放在一个农户的家门口。车子一响，屋里出来一个女人，说：“车子放在这儿，丢了可别找我扯皮。”小柳忙掏出一块钱递过去，说：“给包烟钱，麻烦你帮忙看一下。”女人立刻高兴起来，让他们将车子搬进屋里放。还教他们，若是去庙里问签，心里先得想好问什么，不然签就不灵。乡下女人的话，他们听了也像没听见，一点不在意。小柳放好车子，抬头看到墙上有奖状写着：奖给双文明户，就朝爱红和海鸥努努嘴。她俩看了一眼，连忙捂着嘴到门外去笑。小柳细看，发现奖状旁边挂着一串避孕套。女主人也发现了，忙解释说：“一定是刚才家里没人，妇联主任送来的。”小柳不好和她多说，忙出门去追爱红和海鸥。

追到半山腰，海鸥累了，不再跑。爱红却还在拼命往上跑，不让小柳追上。小柳欲追，海鸥不让：“别追，她见了那东西，脸红得像熟苹果，连我也不让看。”说过后，又自语道：“也怪，都结婚大半年了，难道还没见过什么是什么吗？红哪门子脸呢？”小柳听了不说话，怔怔地跟在海鸥后面往前走。

3

灵山寺和灵山林场紧挨着，初一看，还以为是一个单位：就两栋房子，一上一下，分前后排列着。小柳有个高中同学在林场当技术员，他先去林场，问马泰在不在。那人说马场长下山要钱，去了好几天，说是今天回，但不晓得是上午还是下午。小柳听说马泰当了场长，就问是正职还是副职。那人说没有正的，就他一个副场长。小柳就吩咐，说马泰上午若回了，就告诉他，说财政局的柳股长中午要在他这儿吃饭，一共三个人。出了林场，海鸥问："马泰若没回，中饭上哪儿去讨？"小柳说："你白在财政局待这几年，只要财政局的人上门，哪个单位敢不管饭！"爱红不信："你别想得太美！我带着饼干，不怕中午没吃的。"小柳就伸出小指和她拉钩，打了赌。

出了林场后门就是灵山寺的大雄宝殿。殿门不远处有一只鸡笼，小柳打赌说这鸡肯定不是庙里和尚喂的，而是林场职工喂的。爱红和海鸥都不和他赌。小柳又打赌说，这灵山寺外面看像个机关单位，一定是"文革"时建林场将旧庙拆了，后来落实宗教政策，就将林场的办公室归还给庙里。爱红和海鸥仍不和他赌。爱红还说："是不是想让我将饼干输给你？"

大雄宝殿外面的走廊上，几个和尚正站在太阳里说话，议论去年发大水，今年年景恐怕仍好不了。大家意见很一致，没有争论，说的都是附和补充的话。一个才十几岁的小和尚，用粉笔在一块小黑板上写字。旁边一个中年和尚拿着一张纸条，嘴里念着："通知，今天暮时课诵以后，接着开全体大会，学习江泽民总书记的讲话。"小和尚写完后，两个人又对照纸条检查一遍，见没错，就将小黑板挂在大殿门口靠左边的墙壁上。中年和尚夸奖小和尚说："慧隐真聪明，要不了几年就可以超过慧明，将来显光师父一定会选你当接班人。"小和尚说：“刘师父太抬举我了，论学问谁也比不了你。”中年和尚说：“我没有受戒，能一辈子享菩萨的福就够了。”小和尚说：“现在连菩萨的福也不好享了，瞧他们光吃饭不做事，难怪慧明师兄要师父撵他们走。他们不走，这庙里的香火，恐怕维持不下去了。”和尚感到有人在偷听，猛地回过头来，见不是庙里的人，脸色才缓和下来。

小柳趁机凑过去问：“请问，有位姓释的师父在吗？”中年和尚说：“庙里的人全都姓释，你找的那位法号叫什么？”小柳一愣：“法号？只晓得他姓释。”叫慧隐的小和尚说：“天下人一入佛门，就都依了释迦牟尼姓释。”海鸥忙插嘴：“那你刚才怎么叫他刘师父？”中年和尚接过话题回答：“我是居士，可以称俗姓。”小柳说：“那我也叫你刘师父好了。”顿了顿，见刘师父没反对，又说：“我们是第一次来贵寺，请刘师父多关照。”刘师父问：“是参观还是拜佛。”小柳说：“她俩拜佛我只参观。”刘师父转身说：“慧隐，你喊一下夏师父，今天该她值班。”慧隐说：“她怕不会听我的。”刘师父说：“我喊也不行，前天做暮时课诵时，她打瞌睡，我在后面推她一把，这几天她一直不理我。她和显光师父是一个炕里的，仗着势哩！”刘师父边说边叹气。慧隐说：“那我就试试看。”小和尚顺着走廊一直走到尽头那扇门前，叩了两下，又叫了声夏师父，好半天，一个老尼姑才开门走出来，还挂着一脸的不高兴。

老尼姑在头里进了殿，小柳在身后小声对爱红和海鸥说：“她是个来享仙福的居士。”爱红问：“你怎么晓得？”小柳说：“她头上没烙点子，没受戒。”老尼姑擤了一串鼻涕，随手一甩，正好甩在海鸥的皮鞋上。海鸥挺生气，见门边的经幡垂得很低，就飞快地弯下腰，用经幡将皮鞋揩干净，然后，装着低头看那些写在经幡上的文字。

爱红心里搁着事，有些临时抱佛脚的味道，见了蒲团就跪上去。老尼姑忽然用很高的声调说：“点了香再磕头，这么急干什么！”爱红问：“哪里有香？”老尼姑说：“香在这儿。得给钱。”小柳这才想起自己本该先提醒一下她俩，进殿后要先往功德箱里放些钱才行。爱红和海鸥各自摸了一块钱出来，问：“钱给谁？”老尼姑用眼角瞥了一下，大约是觉得给少了，更不高兴，装作没听见。小柳忙上去招呼她们，将钱塞进功德箱里。老尼姑这时又开口说：“要是抽签，还得给五块。”爱红和海鸥一怔，相互看了看，但还是各自往功德箱里塞了五块钱。趁海鸥没注意，爱红忽然问小柳：“你怎么不——”小柳懂了她的意思，很严肃地说：“不管是大庙的菩萨还是小庙的神仙，我都很尊敬，但我从不磕头求他们。”爱红看他一眼，什么也没说。

老尼姑摸摸索索弄了半天，才将各处菩萨面前的香火点燃，然后就一声声地敲着磬，嘴里还不停地诵经。老尼姑点香时吩咐过，待磬敲响了再磕头。磬响时，小柳催他们快磕。爱红和海鸥推让了一番，终于是爱红先磕了。海鸥以为老尼姑还要为她敲一遍磬，谁知老尼姑待爱红磕了三通后，撂下了锤子，跑去张罗签筒。海鸥急忙问："我的呢？我还没磕呢？"老尼姑半睁半闭着眼睛扫了一下说："地上蒲团多着呢，谁叫你刚才不磕。"海鸥无奈，只得在没有伴奏的条件下，闷闷地碰了三下。

老尼姑连丢了三次卦，要么全是阴卦，要么全是阳卦，反正菩萨是不准这么问。老尼姑问："你心里想好问什么事没有，怎么老是不准？"爱红说："还要想呀？怎么想呢？"老尼姑不耐烦了："你这姑娘，什么也不懂。出嫁没有？出了嫁怎么和男人过日子呢？"爱红一下子发出很大声音来，说："我就问今年考武汉大学插班生班的事情，有没有希望！"老尼姑将卦一扔，一阴一阳，准了。爱红从签筒里抽出一支签，是第三十二签，中平。海鸥吸取了爱红的教训，先想好了问自己的前途。只一卦就准了，抽了个第九签，下下。

小柳说："你两个的签都没抽好！"她俩不懂，他就解释："你没看到武打片中，英雄落难时，总抽的下下签么！"她俩不信，问老尼姑。老尼姑要她们到隔壁去找慧隐写签文。

慧隐就是那受了戒的小和尚。海鸥见了他，像要感化谁似的，甜甜地说：“慧隐小师父，你看我这签抽得如何？”慧隐也不答话，接过签一看，又翻开那本很厚的签文，用毛笔在一张黄纸上抄了四句话：命里无时莫强求，何须日夜苦优优，莲花镜里何从见，用尽心思不到头。抄完了递给海鸥，也不说话，又接着抄爱红的，也是四句话：从来名利有天机，谋者虽众得者稀，倘不收心思忍耐，必然失计被人欺。抄完后，任她俩怎么问，慧隐一句话也不说。这时，老尼姑踱进来，见慧隐在收笔砚，就说：“这下下签硬是差些，上个月我外甥媳妇的一只银戒指不见了，跑来抽个下下签，结果，银戒指怎么也找不回来。”慧隐也不答话，低眉落眼走到远处了，才说一句：“夏师父，你别试我，我若和女人说了话，佛祖肯定会听到的。”老尼姑叹气说：“这个慧隐，小小年纪，慧根就是又深又长。从不和女人说一句话。”老尼姑说着话也走了。

侧殿里只剩下小柳、爱红和海鸥。爱红指着海鸥的签文说：“这苦优优的优字错了，应该是苦忧忧或苦悠悠。”小柳说：“可能是有意写成这样的，由忧到优，意义差别太大，解签文的人就有活动余地了。”一直没说话的海鸥，这时开口冒出一句：“这庙里服务质量太差，难怪和尚也会跑到统战部去打小报告。”

小柳见墙上贴着一张什么，就扫了一眼，并趁无人之际，将那张纸撕下来，揣进口袋里。爱红问是什么。他说等会儿再给她们看。正说着，外面有人问：“刘师父，看到财政局的三个同志了吗？”刘师父答：“有三个人，不知是不是财政局的。”

4

小柳他们正待出屋，外面忽然吵了起来。来找小柳他们去吃饭的人，是林场的王会计。王会计一看到挂在殿门旁的小黑板，认出正是林场上个月丢失的。大概是王会计与这几个和尚有些积怨，来往没几句话，双方就吵起来了。和尚人多，王会计吵不赢，就动手抢。和尚虽然人多，都是些年老体弱的，走廊又窄，人多施展不开，王会计一人和他们打了个平手。

小柳有心想帮王会计一把，匆忙中，他喊了一声：“显光师父来了！”和尚们一听，连忙住手站着不动。王会计趁机夹着小黑板，从台阶上逃走了。

和尚们明白上了当，都把眼光对准了小柳他们三个。海鸥有些慌，大声埋怨小柳：“别人的事，你去要什么聪明！”话里有讨好和尚们的意思。爱红在身后一把拽住小柳的衣服，小声说：“要不，我们到屋里去，把门撑起来，等王会计喊林场的人来救我们出去！”小柳说：“别怕，未必他们还敢开杀戒和色戒不成！”

刘师父带着几个和尚越走越近。突然，背后一声响，一直关着的那扇门开了，小和尚慧隐从屋里出来，正色道：“不得对香客无礼。得罪了香客，我们还能继续在这儿修行吗？”刘师父他们愣了愣，终于软下来。慧隐对小柳说：“你们可以走了。”小柳、爱红和海鸥赶紧穿过人缝，跑到了林场。

王会计已在办公室里摆好了茶和瓜子。见他们来了，就去厨房催菜。

小柳便掏出那张纸念起来：“十月二日广州空难中出现的奇迹，作者，安景。震惊中外的‘十·二’广州空难事件中，死伤了一百多人，其中三位幸存者，只有表皮受了一点轻伤……笔者近日访问这三个人，现将其中秘密写在下面。一、三人的基本情况：冯锦标（男）现年三十二岁。家住佛山市石湾忠信路，现任佛山寺佛协秘书。黄昌华（男）现年三十七岁，家住广州市前进街，为人正直，信仰佛教。林婉明（女）现年三十四岁，家住广州市江南西路，为人诚实，心地善良，家庭信仰佛教。三人皆受雇于某商业公司，任业务员。二、到南普陀寺打普佛：三人于一九九〇年九月二十八日来厦门办事，并买好十月二日回广州的机票。不知怎么他们心里总有一种不祥之兆，便于九月三十日到南普陀寺，由监院德辉法师安排他们在十月一日凌晨四点三十分，早课随堂普佛。打完普佛后，三人登上寺后的五老峰，跳望大海，埋在心里的不安顿时烟消云散了。”凑在一边看的爱红说：“这个眺望的‘眺’

印成了‘跳’。”小柳继续念：“十月二日六时许，他们在厦门机场排队领飞机座位的牌子时，忽然来了一个人插在他们前面，领去了十多张座位牌，而使他们领到九排ABC三个座位的牌子……飞机被劫持后……在广州白云机场紧急迫降……机翼撞到了停在机坪上的一架飞机头部……飞机后半部又撞上正在准备起飞的一架上海飞机，一声巨响，厦门——广州的二五一〇号班机顿时断成两截，断的部位正好是十、十一排之间，正是插队那人拿走的那些座位……三人跑开几秒钟之后，飞机残骸就爆炸了……后来清理现场时发现，所有东西都已化为灰烬，唯有小冯带的《阿弥陀经白话解》《竹窗随笔》和星云法师著的《佛光普照》等书，完好无损地呈现在人们的眼前……”

王会计早就将菜上齐了，等读完才叫他们上座，边吃边说：“这庙里呀，真和尚就只显光师父和他们的两个徒弟慧明和慧隐，别的人都是过去一心只想享共产党的福，如今见共产党改了章程，就又来菩萨面前吃闲饭。”小柳问：“听说这庙里都快揭不开锅了？”王会计摇摇头说：“那倒未必。显光师父的德行很高，这两年光是国外捐的钱就有十几二十万，原先准备将旧屋扒倒，重盖庙宇，可去年以来就没听见议论了，依我的愚见，这可能是显光师父在用计，让那些假和尚吃不了这苦，自己离开走路。”

门外有人咳了一声，王会计一乍：“马场长回来了！”没待起身，马泰果然就进来了。小柳边握手边和他说了几句打趣的话。马泰坐下来后说：“我上你家去找你，你爱人说不晓得你去哪儿了，一脸的乌云，我怕听见炸雷，赶忙扭头就走。也难怪，你带这么漂亮的女伴出来玩，不发脾气的就不是女人!”海鸥一点不善，也发起攻击，说主人迟到，要罚酒三杯。马泰说：“只要你们能帮我弄到十万元财政周转金，喝三瓶我也豁出去了。”小柳按住马泰：“别逞能，上回见面你还说自己肝功能不正常。你也别喝酒，钱的事就包在我的身上，你只要用优惠价卖给我们每人一方杉木就行。”马泰看了王会计一眼。王会计会意地说：“正巧，场里正在处理一批烂杉木，按柴火的价，七分一斤。要的话，过几天派个车给你们送去。”海鸥说：“我不缺柴火。”小柳从桌底下踢了她一脚，她就不作声了。

小柳让马泰将报告拿出来。他只看了一遍，就吩咐马泰过几天派个人去拨款。

酒过三巡，小柳问：“你要这么多钱干什么?”马泰说：“想办个制药厂。这灵山中草药多得很，制成成药后，价值就要翻上百倍。这一片大山都是林场的，可老百姓大部分都是穷得叮当响。在我的任期里，不给他们带来点好处，问心有愧呀!”小柳说：“你还是那样血气方刚。我可是一点棱角也没有了。”马泰说：“不磨圆棱角，你能在机关里站住脚?”小柳说："再说钱吧，我多给你五万怎么样？"马泰说："不怎么样，就十万吧。这年头，十万可能干出二十万的事来，真有二十万，则可能当十万用了。"小柳点点头说："你若是来当财政局长就好了。"马泰说："这也难说，如今连和尚也朝你们要钱，这个家很难操持了。"小柳说："你怎么晓得了？"马泰说："刚才在路上遇着庙里的慧明和尚，他自己说的。昨天去了，今天又去，却不晓得你们星期天放假。"小柳说："这些和尚也真有意思。"马泰说："是有意思。去年年底抓计划生育，我让人在庙墙上写了一条标语：山区人民要致富，少生孩子多栽树。和尚们不让写，要写只能写少生孩子多拜佛。扯了半天皮，还是显光师父发下话，说栽树与拜佛是殊途同归，要和尚们别再闹。我从那时想到现在，也没悟出如何殊途同归。"小柳说："我也想不出来，我们没有慧根。"

这时，有人进来在马泰耳边说了一句什么，小柳听马泰说："让他再等一会儿。"马泰回头接着说："我觉得显光师父很像一个人。"小柳问："谁？"马泰用手指蘸了点汤，在桌上先写一个又字，再加上一个右耳旁。小柳见了大笑。爱红、海鸥伸伸脖子，看清后也笑了。

5

吃罢饭，马泰告诉小柳，庙里的慧明和尚在隔壁屋里等他。

小柳过去，见果然是昨天上财政局要钱的那个和尚。慧明见小柳他们进来，弯腰作了一个揖，再叫：“柳股长，实在对不起，不知你要来小庙，没有安排好，请你多包涵。”小柳说：“我只是来看看，没什么。只苦了她两个，一片诚心来拜佛，却差点郁成心病。”爱红和海鸥一齐愤愤地说：“特别是那个老尼姑，太不像话了!”慧明忙赔不是：“几位若不计较，我这就亲自给你们打一堂佛。”小柳望望门口的太阳，说：“只怕天色太晚了。”慧明说：“晚了不要紧，就在寺里吃桌斋席再回去。”马泰一旁插嘴：“灵山寺的斋席可是大名鼎鼎的，平常的人想吃都吃不上呢!”慧明说：“马场长再帮我留留客，斋席就请你作陪。”马泰说：“柳股长，不看僧面看佛面，吃了斋席再走。天黑不怕，我叫林场的汽车送你们回去。”小柳看看爱红，发现爱红正在看他，眼里的意思仿佛是让他答应留下。小柳于是点头同意了。

慧明起身先去，说是准备一下，等会儿来请他们去打堂佛。慧明走了几步，小柳将他喊住，递给他一张纸：“这是刚才我从庙里墙上摘下来的，还给你!”慧明说：“怪不得刚才刘师父不肯为你们办斋席，说你们偷寺里的东西，还告到显光师父那里去了。”小柳说：“那你是不是有难处？有难处我们现在就可以走!”慧明忙说：“哪里哪里！显光师父洞察秋毫呢，他叫刘师父一切听我的安排。”

慧明走后大约半个小时，两个小尼姑来请他们过去。开始，小柳还以为是两个小和尚，是爱红悄悄告诉他的。仔细一看，那手那脖子和那胸脯，果然是只有女的才有。马泰说：“我也去。我离得这近，却从未见过真佛！也去开开眼界。”

一进殿门，那钟磬和木鱼就一齐响了，四周香烟缭绕，两排僧尼分立，将佛经念得嗡嗡作响，肃穆神圣极了。小柳、爱红、海鸥和马泰，无不是身不由己的样子，一下子就匍到蒲团上去了。

接下来是抽签。这次是在后殿的一间净室里，由慧明、慧隐两个亲自打卦问签。他们四个却是一个个分别进去。慧明说：“这问卦，实际上相当于洋教里的忏悔，除了佛前弟子之外，是不能有别人在场的。”海鸥先进去，才几分钟就出来了，一脸的兴高采烈，双手按着爱红的肩膀蹦了三下，同时叫了三次：“上上签！上上签！上上签！”爱红问：“你问的什么？”海鸥说：“前途呗！”第二个是爱红，差不多一个小时才出来。出来时，很忧伤地说：“我也是上上签！”海鸥说：“你是问婚姻——我晓得！”爱红几乎哭了出来。“他们说我俩会白头偕老！”小柳见爱红这个模样，也不和马泰谦让，一头钻进净室里去了。

慧明说：“你先想好问什么，再静思一阵，然后再抽签。”

小柳说：“我什么也不问，我不想抽签。”慧明说：“那我给你看看面相和手相。”小柳说：“我也不想看相。”慧明一愣，隔一阵才说：“那你就静坐一会儿，我给你念一段《般若波罗蜜多心经》!”见小柳没有作声，慧明示意慧隐，两人一齐朗诵起来：“观自在菩萨行深——般若波罗蜜多——时——照见五蕴皆一度，一切苦厄——舍利子——色不异空空不异色色即是空空即是色——”小柳猛地站起来，说声多谢了，就自己开门往外走。

海鸥急切地问：“么样，你问的么样?”小柳眼睛一转说：“我问什么时候能实现精神文明!”他这话让爱红在嘴角上笑了一下。

只剩下马泰一个人了。马泰拿不定主意进去问什么签。小柳出个主意，让他就问林场的前途如何。马泰露一丝苦笑：“也罢，场兴我荣，场衰我耻，林场的前途也就是我的前途。”言毕就推门进去了。

功夫不大，慧隐出来，请大家都进去休息。马泰见大家进来就笑着说：“慧明和慧隐都算定林场三日之内，必进一笔意外之财。”小柳也笑：“如今的和尚也精了，见你中午请我们吃饭，就晓得我会给你们弄一笔钱来。”马泰说：“我也是这么说的，可慧隐说，这笔钱不算财，不用还的钱才叫财。我这穷单位，谁会给了钱不让还呢?”

说时，慧隐捧来一叠佛门书籍，慧明让大家一人挑一本，拿去做个纪念。小柳挑了一本《暮时课诵》，爱红挑了一本《朝时课诵》。小柳将《暮时课诵》翻个个儿，想看看封底，发现封底印着《朝时课诵》几个字，原来他俩选的是同一本书。海鸥和马泰也各选了一本。

说了一会儿话，小柳提出要见见显光师父，慧明面上露出难色，用眼睛直睃慧隐。慧隐装作没注意，只顾埋头整理那些书。慧明只好向小柳解释："显光师父年事已高，身体不好，外人一概不见，就连我和慧隐也不能轻易去打扰师父。"马泰也说："我在林场干了七八年，见到显光师父也就七八次！"小柳说："那年准备给和尚尼姑定行政级别时，显光师父定的是什么级别？"慧明说："怪我无能，只给师父争了个副县级！"爱红、海鸥听了，一旁直吐舌头。慧明继续说："幸亏这事没搞成，不然真是愧对师父。"小柳想起一个问题："怎么不让显光师父当县政协副主席呢？"慧明说："师父今年快九十岁了，早超了龄。我们倒没超龄，可道行不深，没有威信。"小柳说："依我看，庙里的事，实际是你当家。"慧明慌忙说："我可没这大本事，都是在听师父吩咐。"慧明神色紧张地看着慧隐。

慧隐不动声色，拿起多余的书往外走，转眼间，他也神色紧张地跑回来："师兄，不好，有闹事的人来了！"

6

走到殿前，一个中年男人，正拖着一个女人，在台阶上挣扎。那女人嘴里苦苦叫着：“大慈大悲的菩萨，快救我一命吧！”几个和尚、尼姑拦呀挡呀都无益，那男人力大如牛，一膀子就摔开了，三步两步闯进殿门。男人喘了口气，吼道：“死婆娘，你把钱给哪个菩萨了？快指给我看！”

小柳身后的马泰这时叫起来：“高大全，你这是干什么？”叫高大全的男人一怔：“是马场长你呀，这死堂客瞒着我来庙里烧香，将我攒的一点钱全都给了泥巴菩萨！”马泰说：“你放开她，有话好说嘛。去年你还表态说争取三年内入党，这个样子能行？”高大全说：“那是被你的批评批晕了，瞎说一通。不过场里规定，要精神文明，不准求神拜佛信迷信这一点，我可是没违犯。只有这个死婆娘，不听话，总是偷偷摸摸地往庙里钻。骂也骂过，打也打过，都无益，今天非要出出她的丑，把香火钱要回去，看她以后还有没有脸再来。”马泰说：“我给她讨个保，再不犯，你放了她，行啵？”高大全说：“这是我自家的事，你场长的权力无效！”马泰生气地说：“看你以后还找不找我！”说着就走开了。

到了旁边，马泰对小柳他们说：“这人是个二百五，场里的这条规定是偷着订的，让庙里和尚尼姑晓得了，日后怎么能和平共处?”小柳说：“这又不是政治局文件，保不了密，庙里早晚会晓得的。”小柳对马泰讲了昨天慧明在财政局讲过的话。马泰见和尚并不怎么恼怒，才放下心来。

爱红和海鸥这时记起，这就是早晨在路边垸里吵嘴的那对夫妻。

慧明对那对夫妻说：“你们吵架到外面去，别在殿里惊动各位菩萨。”高大全说：“我偏要看看菩萨到底是怎样发慈悲的。”说着就踢了女人一脚。女人忍着痛，没有哭。他又踢了一脚，女人仍不哭。高大全的火气也窜了上来：“死婆娘，你对菩萨还真有感情啦，怕惊了他们的好梦——你哭不哭?”他一下比一下凶狠地连踢了三脚。女人被踢翻了，爬起来时，顺势在蒲团上磕了三下头。高大全一跳几尺高，走上去按着女人的头，拼命地往地上撞。撞一下，说一声：“你哭不哭？今天非要你在菩萨面前哭个够!”女人不作声，任男人打骂，一得空，就赶忙向菩萨磕头作揖。

高大全见女人忍得住痛，就改了主意，一把扭过女人，想让女人磕反头，将屁股对着菩萨。女人对这一点非常清醒，只要是对错了方向，她就不下跪，抗不过男人的蛮力时，宁肯直着身子摔在地上。折腾几下，未能如愿，高大全这时说：“我人打累了，手打痛了。懒得再打了。”大家听了这话，正欲松口气，以为这事该了结时，高大全走到香案上，拔出一把燃着的香，放到嘴边吹了吹，等露出明火，就抽了一支按到女人的手上。一股青烟嗞的一声窜出老高，女人全身哆嗦起来。

小柳心头一紧，同时感到自己的手被人攥住了，低头一看，是爱红。爱红的手变成了青紫色，眼睛里，许多泪花在打着转。小柳轻轻说："别这样，别人看见了影响不好。"爱红仍不松手，说："我怕。像是他在打我。快叫他住手。"小柳抬头寻找马泰，找了几圈不见人。

小柳只好对慧明说："这女人捐了多少功德钱？你们退给她算了。"慧明说："功德箱是显光师父锁的，我们打不开。"隔了一会，他悄悄地说："要不你和慧隐说说，看他能不能去向师父汇报一声。"末了又补一句，"别说是我的主意！"小柳便开始找慧隐，却总也找不见。问刘师父和夏师父，都说刚才还在这儿，怎么说不见就不见了。问海鸥，海鸥说："刚刚还在这儿念经呢！这么多的和尚尼姑，都在看热闹，就他一个人还能念得了经！"

小柳正打算让爱红松开手，自己到别处找一找，忽听见殿后面传来一声："阿弥陀佛！"声音虽低，但强烈得很，像空山中的回声，一下子就透进心里。和尚、尼姑听了，立即低头垂手，合起掌，跟着念了声阿弥陀佛。地上的女人，不顾香火的灼痛，爬到蒲团上一个连一个地磕着长头。

殿后转出一个和尚来，看模样不过五六十岁，慧隐一脸专注地跟在身后。

小柳正猜这人是谁，那和尚走到功德箱前，朝慧隐一挥手。慧隐马上用手中的一把钥匙，将铁锁打开，现出小半箱钱来。那和尚对高大全说："都拿去吧!"高大全尚未反应过来。刘师父说："菩萨开恩，发了慈悲，叫你把自己的钱拿去。"慧隐在一旁说："刘师父，你错了。这位施主，你将这些钱全拿去吧，如果不是家里已到山穷水尽，你也不会这么对待自己的家人，是不是?"高大全忙说："是的，是的，小民谢菩萨开恩。"一惊一喜的他，顾不上廉耻，脱下裤子，将功德箱内的钱一骨碌地装了进去。

那些没受戒的和尚、尼姑一看，急了，一齐拥到那和尚面前，叽叽喳喳地说，寺里一日两碗粥，这么多的钱却轻易给了一个不信佛的人，让大家看了心寒。那和尚也不作声，轻轻拂开众僧，走到那女人面前，以手加顶，嘴里念念有词地说了好大一通。之后又说了一声起，那女人就真的站了起来，一脸的顺畅之色，完全不似刚刚挨过毒打之人。那和尚说："女菩萨，我已注意你好久了，你不该待在凡俗之人当中，只要你愿意，我可以举荐你去汉口归元寺受戒。"女人听了一口回绝："法师好意我心领了，可我实在舍不下三个未成年的儿女。"和尚叹了一口气："本该是佛门中人却不入佛门，不该是佛门中人却赖在佛门。"说罢，径直往后殿去了。

小柳见那和尚人影不见，问慧明：“他是显光师父吗？怎么这样年轻？”慧明不作回答，只顾喃喃自语：“显光师父往外一站，我就觉得自己连草芥都不如。”

高大全前脚出殿，那女人后脚就跟了上去。海鸥冲她叫：“别理那牛东西，和他离婚！”那女人回头望了一眼，没说什么，依然去搀在前头的男人。

爱红忧伤地说：“妇女越解放命就越苦。”

小柳装作没听见。

7

等到斋饭斋菜全部搬上桌子，大家心情才好转起来。马泰直叫嚷：“庙里厨师有这好的手艺，我可真没想到！”海鸥和爱红则小声嘀咕：“不是说和尚吃素，怎么鸡鸭鱼肉全有？”作陪的慧明不解释，只是一个劲地叫他们先将每样菜都尝尝。大家一尝，才发现所有的鸡鸭鱼肉全是假的，是用面粉掺上其他素菜做的。

小柳连连称奇。慧明又给他们敬酒。海鸥以为酒是假的，是白开水，端起来正要喝，却闻到一股扑鼻的酒香，便叫“怎么庙里能喝酒了？”慧明说：“尝尝！先尝尝！”一尝才晓得不是酒。问时，慧明笑而不答。小柳佯作生气，说不知真情，就罢吃罢喝。慧明只好说明，这是后山上一种竹子里面的水。马泰问是哪种竹子，慧明无论如何也不肯说。

吃到一半时，小柳说：“其实，你们这种手艺，完全可以到城里去办个斋菜馆，肯定可以赚大钱！”慧明说：“我和师父讲过，师父不同意——也不是不同意，是不表态。”小柳说：“也许是庙里经济状况还没到必须走那一步棋的时候！”慧明说：“台前台后的杂事虽然归我管，庙里的真实家底只有师父和慧隐晓得。就我掌握的情况来看，不瞒你说，存米只够吃几天了。我说的几天，是只能煮粥，不能煮饭。”海鸥问：“你这桌斋菜是怎么做的？”慧明说：“师父点了头呗。师父点了头，只要不犯戒律，厨师什么都能变出来。”马泰问：“那是不是也给显光师父开了小灶？”慧明说：“那倒没有。开不开小灶，对于师父都无所谓，他可以辟谷，只要一开始辟谷，就可以一连十几二十天，什么东西不吃，什么东西不喝，人照样精神抖擞。”小柳说：“你手上没有财权，怎么管事？”慧明说：“没有办法，只好一天到晚撵大家出去化缘，弄得全庙的人都埋怨我。没办法，才听了林场王会计的话，到你们财政局去要钱。”

听到这话，小柳忙岔开话题，问慧明的身世。马泰不待慧明开口又将话题扯回来：“柳股长，咱们同学一场，想你不会怪我说直话。我和慧明作邻居不是一年半载，他的德行在庙里不是数一实实在在是数二。你们今天这种待遇，就连前年省政协的一个副主席来，也没享受到。说穿了，慧明不是那种趋炎附势的人，他是为了解燃眉之急，才这样做的。他不忍心看到庙里的香火在自己手里熄了。他要的数字也不大，五千元，这也是一个实打实的钱数。我帮他一把，也等于帮我一把。林场小卖部每年收入两万多，全靠的香客。不然，这大山顶上，鬼才来买东西。”马泰说了一大通才停下来。一直不吭气的爱红也开口说：“这个忙你帮得了。你就帮他一把吧！”

见海鸥也要说，小柳笑了：“海鸥你别说，我晓得慧明帮忙抽了一个好签，所以你要帮他说话。五千元并不算多，难的是找个合适的理由。那个报告肯定不行。现在好多单位连工资都难发出去，还能顾得上庙里的和尚？这个口子一开，说不定大家都会拥到庙里去吃现成饭！”

慧明想了几个理由，如修庙、塑像、修路，接待省佛教协会领导，筹办授法大会等，都被小柳一口否定了。直到吃完斋席，还没想出个合适的理由。

撤了席，喝茶时，小柳忽然问：“庙里有舍利子没有？”慧明摇头说：“若有舍利子，灵山寺就成圣地了！”小柳问：“有没有办法得到？”慧明欲言又止，禁不住小柳再三催逼，才说：“依显光师父的德行，圆寂之后，大概可以得到几颗舍利子。”小柳一拍大腿：“就这理由，你马上去写一个报告，就说防止显光师父圆寂后，舍利子遗失或流失，必须采取一系列得力措施，如建玉石塔、黄金盘、特种薪柴等，故须财政拨款五千元，自筹三万元。这样的报告才能有效。说别的人都不清楚，但大家都晓得舍利子是千年难得的宝贝，你这一写，局长不重视才怪！”慧明却犹豫起来：“这样写，师父晓得了会怪罪的！”小柳说：“你找张白纸盖上庙里的印，我帮你写。不过，我有言在先，日后显光师父圆寂，炼舍利子时，我们四个可都得来看看！”慧明说：“这好说。”

这时，天刚黑，庙里的钟声响了。慧明说该做功课了。小柳说反正有车送，干脆看了暮时课诵再回去。

8

大钟一响，和尚们一齐唱道：“炉香乍热，法界蒙熏，诸佛海会悉遥闻，随处结祥云。诚意方殷，诸佛现金身，南无香云盖菩萨摩河……”

马泰准备汽车去了。剩下小柳他们三个，在一个角落里站着，不作声地观看，前面用一大块善男信女送的红布匾掩饰着。这是慧明特别安排的，主要是怕显光师父出来检查时发现了。但爱红仍忍不住对小柳说：“来了一整天，现在这庙才像是座庙。”正说话时，那边墙角有一阵小小骚动。

昏黄的烛光下，姓夏的老尼姑被两个年轻和尚搀出殿门。老尼姑一路低声哭泣着，嘴里数落：“庙里不要我，我这一把老骨头上哪儿去哟!”隔了一会儿，殿门外传来一阵人声：“夏师父，这点钱显光师父让你拿去好好安个家。”小柳他们听见这是慧隐的声音。

灯光下，还看见有个人在众僧后面一晃不见了。小柳觉得那人应该是显光师父。

由于要学习江泽民总书记的讲话，钟磬铃和木鱼的节奏比往日快些，功课也结束得早些。念完《祝伽蓝》后，和尚们转身向上，顶礼站了起来。引磬响了最后一声，和尚们都向殿外走。

慧明这时叫了声：“五分钟后，回殿里开会学习!”等人都走了，他才叫小柳他们出来。小柳迫不及待地问：“怎么把夏师父赶走了?”慧明说：“显光师父来时，她还在打瞌睡。这种事以往也有，可师父他近段不知怎么的，只要谁出一点差错，就将谁撵出山门。”爱红说：“我看你师父肯定心里在筹划什么大动作。”小柳显得更关切地问：“你怎么晓得?”爱红说：“凭女人的直觉。”

这时马泰来说车准备好了。海鸥兴趣不减，非要看看和尚们怎么开会。小柳无法，只好要慧明通融一下，先开会，后学文件。慧明说这个不难，因为显光师父是不参加这种会的。

和尚们再次集中到一起，等慧明一宣布开会，刘师父就带头发难。主要是给显光师父提意见，说了一大堆，有说他不关心别人疾苦；有说他处分人太狠，一点后路也不留；有说他光会修行不会当领导……

见庙里开会和局里开会是一样的情景，海鸥顿时兴趣索然，连连说：“走吧！走吧！”于是慧明就出来送。小柳不解地问：“大家这么说显光师父的坏话，传到他耳朵里去了怎么办?”慧明说：“显光师父最不喜欢搬弄是非的人，没人敢去他面前打小报告，他自己又从不来听会，所以大家才这么放肆。”慧明又说：“意见只是意见，谁又奈何得了显光师父呢!”

临别时，小柳吩咐，要慧明过几天邀王会计一起去拨款。

林场只有一部旧解放。驾驶室怎么也挤不下他们三个。小柳就要站到车厢去。海鸥钻进驾驶室，爱红也进去了。汽车刚一发动，爱红忽然说她怕汽油味，要到车厢里去。小柳不能扔下爱红一个人在车厢里，只好让驾驶室空一个位子。

爱红靠在车厢的左边，小柳靠在车厢的右边。下山路，汽车虽然带着刹车，依然很快，三月的风很凉，小柳感到风直往脖子里灌，身上在一层层地起鸡皮疙瘩。正在畏冷，汽车猛地拐了一个弯，小柳没注意，一下子被甩到车厢的左边，差一点扑到爱红的怀里。

海鸥听到动静，从驾驶室里伸出头来问：“怎么啦？小心别出事。”小柳回答：“好险，就差一点点!”待海鸥缩回头去，爱红问他：“你说什么只差一点点?”小柳不作回答，隔了一阵才问别的："你凭什么说显光师父要搞大动作?"爱红说："庙里这种情况，不变变行吗?"小柳说："到处都在变，也不知几年后中国会是什么样子!"爱红说："若是能取消户籍制就好了，那时，我就一个人跑得远远的，完全不用闹离婚闹得头破血流。"小柳想了想才说："那时，我也说不定会学你跑得远远的。"

小柳感到有只手正在车厢边沿，一点点地挪向自己的手，他有点怕，正不知怎么办，车停了。海鸥喊他下去搬自行车。

自行车搬上车厢后，海鸥也爬进车厢，一边爬一边说："今晚的月亮还真有点诗意呢!"

9

星期一上班，小柳从抽屉里拿出棉织厂的那份报告，将上面批的二十万改成十万。然后又将林场的报告上写了"经研究决定，拨给财政周转金十万元"等一行字，并盖上行财股的大印。办完这些事，他才开始一如既往地扫走廊。一边扫一边和上班的同事打招呼。爱红上班时，只看了他一眼。他说："上班啦?"爱红没有理他。他想，这一定是在责怪自己昨晚不该胆怯。

正在猜测，李局长提着一只黑皮包进楼来了。小柳见李局长脸上气色很好，连忙从口袋里掏出灵山寺要钱的报告，尾随而去。

李局长刚坐下，小柳就进来了。两人相对一笑，小柳赶忙给李局长杯子里沏上茶。沏完茶，小柳并不着急办正事，而是说："李局长，你晓得吃素的和尚，为什么不吃葱蒜韭菜和红苋菜吗？"李局长说："那天，那和尚走后，我就一直琢磨这个问题呢！"小柳说："我昨天专门为这事去了一趟灵山寺，总算问了个清楚明白。"

李局长一催，小柳就说开了："从前，有个梁武帝，他不愿当皇帝，脱掉龙袍，拜在智功师父门下做了和尚。西宫娘娘极不情愿，就想破梁武帝的道行。一天，她派人给梁武帝送来一双僧鞋和一顶僧帽。智功师父见了，接过僧帽扔在地上用脚踩，却把僧鞋供在香案上。梁武帝不理解，问他为什么不敬帽子而敬鞋。智功师父就叫他拆了鞋帽细看。一拆才发现，僧帽是用女人的亵衣做的，僧鞋是用经书填起来的。隔了一阵，西宫娘娘听说梁武帝要宫中厨师做些素包子送去，就又想了个主意，让人杀了条狗，做成狗肉包子。包子送去时，智功师父二话没说，一个人将一笼包子全吃了。吃完之后，一只黄狗从他袖子里跑了出来。智功师父看见西宫娘娘埋狗头的地方长出了葱，埋狗脚的地方长出了蒜，埋狗皮的地方长出了韭菜，狗血泼在苋菜地里，苋菜就变红了。所以，后来和尚的素菜里就少了这四样。"

李局长呷了一口茶，想一想后连声说，有点像。

小柳趁机将庙里的报告递上去。李局长一听说是为了保护舍利子，就提笔签了“同意拨款五千元”几个字。还一再叮嘱，要小柳对这件事要进行定期追踪检查。

小柳收了报告回到自己的办公室，棉织厂王厂长已等候多时了。小柳从抽屉里拿出他们厂的报告递过去，说：“批了。拿这个去拨款吧！”王厂长一看就说：“不是说二十万，怎么只有十万？”小柳说：“嫌少，那就等下一批吧！”王厂长忙说：“我只是问问，谢谢你，柳股长！”小柳说：“我还没谢你昨天的电烤饼呢！”王厂长说：“屁，改日再好好请你吃一顿。”

王厂长刚走，爱红就进来了。她将一包威化饼干扔在小柳桌上，说：“昨天输给你的饼干，你没工夫吃，留到今天吃味道就变了。”小柳晓得爱红不爱吃甜食，威化饼干很甜，显然是为他准备的。小柳拆开饼干袋，一口吃了两块，说了一句戏言：“好事成双嘛！”爱红嗯了一声：“你的胆只有芝麻大！”小柳叹口气说：“谁叫我们当初谈恋爱时，老打瞌睡，选错了目标呢！”爱红说：“你不想再选一次吗？”小柳说：“若是再选错了呢？”爱红生气了，扭头就走，走到门口才回头说了一句：“除非你瞎了眼！”小柳晓得自己说错话了，想解释，可爱红已经走了。

星期二、三、四，林场和灵山寺都没有人来。星期五中午下班时，慧明才来。小柳说："若不怕不干净，跟我上食堂吃饭，下午再办事。"慧明说："那钱寺里和林场都不要了。"小柳很奇怪："怎么变卦了呢？"慧明说："显光师父真的来了个大动作，他将刘师父等人全撵走了，没受戒的人中，只留下三个聪明肯干的。师父说寺庙也不是清闲享福之地，只要他在世一天，这庙就不会重修，僧粥也不会改变，还宣布将这些年积累下来的二十多万元钱，全部借给林场办制药厂。我仍在庙里管事，但主要是与林场商量如何办厂。一应佛事，师父都交给了慧隐。其实，我心里早就明白，师父真正喜欢的是慧隐。"小柳安慰他："那也未必，将来厂办好了，庙里的分红多，这实权不又在你手里。这就像那功德箱的钥匙。"慧明叹口气说："我还得赶回去，刘师父他们一走，庙里的香火反而旺了起来，人手不够用，什么事都得亲自动手。朝时课诵和暮时课诵，连师父都得出面。"小柳说："这么忙，下山打个电话来说说，不就行了？"慧明说："电话用不得，用多了，人会变懒。"

慧明作一个揖就走。小柳锁上办公室的门，一转身见爱红正站在背后。爱红说："听说要搞小政府大社会，财政局的人要精简三分之二。"小柳说："减那么多？"爱红说："你说是好还是不好？"小柳说："也好也不好！"爱红说："反正我是豁出去了！"走廊那头钻出海鸥，她问："说什么悄悄话，这么神秘?”小柳说:“这年月还有什么好说的呢?改革呗!”

小柳还未打开家门，下班的电铃声就响了。

这时海鸥还在爬楼梯。

爱红不在单位住，她正站在街边上，等一辆洒水车呜呜地驶过去。

1992年3月28日完稿于黄州赤壁

秋风醉了

1

电视播完晚间新闻以后，王副馆长才回家。

王副馆长进家门时，妻子仿兰已经搂着女儿睡着了。客厅里，老父亲还在地板上趴着，修补一双旧胶鞋，屋子里弥漫着一股胶水的香味。见儿子回来，父亲随口问他吃饭没有。听说儿子真的没吃晚饭，父亲连忙起身到厨房去弄吃的。

王副馆长在客厅沙发上坐了一会，忽然从胶水的香味里闻出煤气的味道，他赶紧跑进厨房，一把将煤气罐拧死。父亲说："怎么关了？正准备点火呢！"王副馆长说："你不是点火，是打算放火。跟你说了一百遍，要先将火柴点着，再开煤气开关，你总是记反了。"父亲说："我见你媳妇也常常先开煤气，再划火柴。"停一下，又说，"要怪也只能怪她，因为怕女儿玩火，就将火柴藏得连我也找不着。”

王副馆长劈手夺过火柴，转身将门窗都打开，让风吹了一阵，这才将煤气灶点燃了，又随手将一只锅放上去，加了些水，说：“煮点面条。”正要走，见父亲正在拿鸡蛋的双手黑黑的，上面还粘有些许从胶鞋上掉下来的粉末，他连忙说：“我自己来，你歇着去吧!”一边皱着眉头从父亲手里接过两只鸡蛋，一边将父亲推出厨房。

王副馆长将鸡蛋面做好了，盛到碗里，正要吃，父亲又转回来，冲着王副馆长说：“我听说，有件事对你不利。”王副馆长搁下筷子问：“你能听到什么重要事情?”父亲说：“下午，李会计的母亲送鞋来时，亲口对我说的。我问是什么事?她也只偷了一只耳朵，没听清是什么，反正是李会计在家里说的。”王副馆长想了想说：“你别瞎操心，在中间乱搅和。我的事你想关心也关心不了。”父亲说：“我只是提醒你一下。”

吃完面条，王副馆长弄些热水将身上擦洗一把，正要睡觉，见父亲仍在客厅里补胶鞋，就说：“一双破胶鞋，你想补出一朵花来?”父亲说：“这天怕是要下雨了，人家到时要穿呢。”王副馆长懒得再理睬，开了房门，就往床上钻。

仿兰仍旧没醒。王副馆长在床上倚坐了一阵，忍不住用手去摸妻子。摸了一阵，仿兰终于醒了，朦胧地问：“什么时候回的?快睡吧!”王副馆长说：“有件喜事要告诉你。”仿兰振作了些。王副馆长继续说："组织部约我明天下午去谈话，可能是要我当正馆长了。"仿兰说："这也叫喜事？代馆长都代了快三年，人都累脱了几层皮。现在，你就是坐着不动，百事不做，也该送你一顶馆长帽子戴一戴。"王副馆长说："话是这么说，可人家如果成心不让你升这半级，你也没办法。"仿兰说："所以你就把这个响屁，当成了喜事。"王副馆长说："你以为我当上国家主席才是喜事？这好比月月发工资，明知这笔钱是你该得的，可一到领工资的时候，人人都挺高兴，都把会计当成了菩萨。"

仿兰打了一个呵欠。女儿忽然叫了一声："我要屙尿！"仿兰连忙跳下床，抱起女儿要去卫生间。一开房门，见公公正蹲在客厅地板上，忙又缩回来，仿兰只穿着乳罩和三角短裤。她将女儿往丈夫身上一扔，回头钻进被窝里。

王副馆长抱女儿去卫生间。路过客厅时，朝父亲说了几句重话。待他从卫生间出来，父亲已上床睡去，破布、破胶皮撒了一地板。

关了房门，仿兰说："他又是没洗手脸就去睡了？下回，他的被窝你帮忙洗。"王副馆长不作声。放好女儿，他又续上刚才的话题说："领一个月的工资，就说明自己有一个月的价值。让我当正馆长，也就说明我有正馆长的价值。不让我当，就意味他们不承认我有这个价值。"

仿兰猛地说一句："就像母猪肉不是正经肉一样？"王副馆长说："差不多是这个道理。"仿兰又说："只有你把狗屎当金子。换了我，倒要先考虑考虑这个馆长能不能当。要当也得提它三五个条件。"王副馆长说："你是站着说话不腰疼。算了，睡吧！明天上午那一道难关，还不知道该怎么过呢！"仿兰说："谁叫你充好汉，领导要安排亲戚子女到文化馆，你答应就是，这个单位又不是你私人的。我们图书馆只有十个编制，却进了二十一个人，工资奖金反而比你们发得多。领导子女来是好事，可以通过他们走捷径找财政局要钱嘛。"王副馆长说："文化馆是搞文艺的，不考试就答应让谁谁谁进来，那怎么行？"

有一阵两人都没说话。王副馆长一翻身，胸脯贴到仿兰的背上，他正要将手伸出去，仿兰又开口说："你父亲和李会计的母亲关系怎么这么密切，是不是在谈朋友？"王副馆长一愣。仿兰继续说："这一段你父亲经常带着孩子到李家去串门，今天下午，他又将李家的破鞋，抱了一大堆回来补。"

王副馆长记起父亲刚才说的话，他当时还以为父亲补的是自己家的鞋，但他仍替父亲辩解："父亲当了一生的补匠。这两年不让他上街摆摊，他就像丢了魂似的。能帮人补鞋，就证明他活着有价值。你也别乱猜。"仿兰说："又不是我的亲老子，我才不管呢！我只要你告诉他，别脏了我的屋子就行。"

王副馆长的兴致一下子全没了，他翻了一下身，将自己的背对着仿兰的背。仿兰说风灌进被窝里了，他也懒得理。

2

睡了一阵，王副馆长感到有人在推自己。睁眼一看，天已经亮了。

仿兰见他醒了，就不再推。说："快起床去看看，你父亲在外面哭呢！"

王副馆长一听，真的有哭声，就连忙起床，披着衣服冲出房门。果然是父亲老泪纵横地坐在小板凳上哭泣。

王副馆长说："你怎么啦？"

父亲抹了一把眼泪，却不说话。王副馆长有些急："我的亲老子！你是伤是病，先开个口呀！"

父亲喘不过气来。王副馆长上去帮忙在背上捶了几下。平缓后，父亲终于说："昨天夜里，他们狠狠地打了我一顿！"

王副馆长一惊："谁？"同时在心里判断，可能是李会计见父亲老是同他母亲在一起，就起了报复之心。

父亲说："你爷爷和奶奶，你太爷爷和太奶奶！"

王副馆长悬着的心立刻放了下来。"他们早已作古了，怎么会打你呢？"

父亲说："他们托梦给我，在梦里打我！说我不仁不义不忠不孝，所以王家香火在我手上断了，王家上千年的血脉让我毁了！”父亲指着自己的脸让王副馆长看，“我这张老脸都打乌了，伢儿，我好歹生了你这个儿子，你说什么也要还我一个孙子呀！”

房门一响，仿兰款款地走出来。王副馆长刚放下的心，又悬了起来。仿兰故意轻描淡写地说：“你老人家也不必如此伤心，只要你儿子愿意，我们就离婚，让你儿子再去娶个会给你生孙子的姑娘就是。”

王副馆长忙说：“仿兰，你少说几句行不行？”

仿兰说：“怎么啦，这话我说得不舒服，难道你们听了也觉得舒服？”说着就进了卫生间。

王副馆长好说歹说，总算劝得父亲歇下来，不再哭了。原本打算早起和父亲说，要他别给外人补鞋，别丢他的面子。父亲这一闹，王副馆长就不好开口了。

洗漱完毕，王副馆长到厨房去，想和仿兰说，做点父亲爱吃的泡蛋。进去后，才发现自己还没开口，仿兰就已经按他的想法做好了，王副馆长就放心地转身去给宣传部的冷部长打电话。

冷部长是县委常委，电话自然是公家安装的。王副馆长的电话安装得不明不白。文化馆准备将旧房拆了盖舞厅，几家建筑公司来抢这笔活。其中八建公司借口说为了便于联系，抢先给他家里安了一部电话。所以，他一拿起话筒，就感到当不当一把手，确实大不一样。

冷部长有个幺姑娘叫冷冰冰，暑期参加高考，考了二百九十分。冷部长想到文化馆的干部只要有专长有才华，文化水平不高不要紧，就想将冷冰冰安排到文化馆工作。于是，他就让人将冷冰冰写的几篇日记和作文送给王副馆长“指教”。王副馆长没有细想，拿起笔正要评点，对方笑着暗示了一下，他才明白，冷部长是要他主动去要人才。

今天上午的这场考试，本是单独为冷冰冰安排的，不知是谁走漏了风声，说文化馆公开招聘文艺人才，搞得全县来报名的不下一百人，县委、县政府两个大院的干部子女就有十几个。弄得王副馆长骑虎难下，只得假戏真做，请了几个评委，将一百多人筛得只剩下十个，参加今天上午的最后面试。

王副馆长拨了一个号码，等了片刻，那边就有人声传过来，娇滴滴地问找谁。王副馆长就说：“你是冰冰吧？我是文化馆小王，请你爸，冷部长接电话。”王副馆长等了好一阵，话筒里没有人声，只响过一阵公鸡的打鸣声。仿兰几次催他吃饭，可他就是不敢放话筒。那边终于传来了冷部长的声音。王副馆长先说自己昨天晚上在冷部长家等到九点多，见冷部长还没回来，就只好先告辞等等，然后，又说今天的面试已经全部准备好了，以冰冰的才华，名列榜首是一点问题也没有的。

这时，仿兰在客厅里大声呵斥谁："送什么礼呀送——王馆长不是见东西眼开的人，都给我提回去，凭真本事考嘛，何必来小动作。"

见声音太大，王副馆长忙将话筒上的送话器捂住，一转念头，他又放开了，并对着话筒说："评委都是我亲自挑选的，政治上绝对可靠，不会自行其是。"他说"政治上"三个字时，语气特别重。

等了一会儿，冷部长才在那边说："冰冰她病了，不能参加面试。"

王副馆长正要再说点什么，那边电话已经挂上了。他感到事情有些不妙，出了房门，冲着仿兰说："你刚才发什么神经病？"

仿兰说："其实没人送东西来，我想和你作个配合，让领导更相信你。"

王副馆长说："你是在画蛇添足。"

这一变化，让王副馆长食欲大减，只喝了两口粥就提着皮包上班去了。

3

文化馆办公楼与宿舍楼本是一个整体，只是将一半设计成宿舍，另一半作办公用。王副馆长从家里走到办公楼门前只用了两分钟。

还没到上班时间，看门的郑老头还没来，他从皮包里找出一把钥匙，将大门开了，人进去后，又反手将大门重新锁上。

一进办公室，王副馆长就坐在椅子上发闷。闷了一会，他记起下午要到组织部去谈话，就连忙找出笔记本，将代理馆长这几年的工作做了一些回顾。

一写到自己的工作成绩，王副馆长又兴奋起来。他推开门，走到阳台上，细细打量这一幢五层楼的建筑物。修建文化馆大楼的事，县里叫了十几年，馆长换了几任，都没建起来。轮到他代理馆长，只用了十四个月，大楼就竖了起来。县长在一些重要场合里多次说，要向文化馆学习，账上没有一分钱，却盖起了一栋价值八十万元的大楼。所谓文化馆，实际上就是指的王副馆长。

王副馆长朝下看时，见宣传部秘书科的小阎领着一个人，正在楼下观望。他就叫起来："小阎，上来坐一会吧！"

小阎和那人说了句什么，就在前面带路朝楼梯间走来。不一会，两个人就到了办公室门口。

坐下后，小阎分别做了介绍。王副馆长知道随小阎来的这人曾经是小阎的小学老师，听说文化馆公开招考干部，特来看个热闹。小阎的老师姓马，王副馆长看了几眼，总觉得有些面熟。老马看出他眼睛里的意思，就主动说，前年县里搞"金色的秋天”摄影作品展览，他有一幅作品入选了。他来文化馆拿入选证时，有些不好意思，就说自己是代人来领的。王副馆长记起有这件事，他还记得这幅作品名叫《秋风醉了》，作者是一位副乡长，作品本来很差，但名字取得好，作者身份又特别，王副馆长才力荐让这幅《秋风醉了》参展。王副馆长本想问问老马现在在哪个单位任职，但见小阎起身告辞，他自己也忙，便作罢了。

临出门时，老马握着他的手说：“往后还望多多关照。”

王副馆长说：“你是县里的文艺骨干，我理所当然会关照的，你就放心好了。”

老马没说什么，只是轻轻一笑，那样子有点意味深长。

和小阎握手时，王副馆长半天不松开，扯着问：“冷部长对我们这次考试，不知有何意见或指示？和我说一说，等我们的舞厅建起来了，哥哥每天送你两张票。”

小阎也学老马轻轻一笑，说：“冷部长对你工作中的锐气很欣赏，多次要部里的中层干部向你学习呢！”

王副馆长说：“冷部长这么看重我，那他女儿冰冰怎么不来参加考试？”

小阎说：“这是冷部长的私事，我也不知道。”

王副馆长从小阎脸上看不出什么暗示，只好放他走了。

小阎刚走，李会计就来问他今天的考试是不是按时举行。

王副馆长怀疑他是不是已经知道冷冰冰不来参加考试，加上想起父亲昨晚说的那些话，心里忽然有了一股气，就说：“有什么变化，我会通知你的。”

李会计停了停，正要走，王副馆长甩给他一支烟，随口问：“听人议论，宣传口最近像有什么人事变动。你消息灵通，知道是怎么回事吗?”

李会计一边低头点烟一边说：“不知道，一点也不知道。”

王副馆长就问他，让八建公司的经理今晚见面谈判拆旧房盖舞厅的事，通知了没有。李会计说已经通知了，今晚他们正副经理都来。隔了一会儿，王副馆长又问他申报高级会计师的事进展如何。听说有些阻力，他答应过几天帮忙跑一下，疏通疏通。李会计当即表示感谢。王副馆长希望他嘴里能透露点别的什么，见他问一句答一句，一个字也不愿多说，知道无益，就叫他走了。

门外陆续走过一些人，是馆里的干部来上班了。王副馆长一看表是八点半，离考试开始，还有一个钟头。他便又开始准备下午的工作汇报。

成绩自然有一大堆，不然他就不会被评为省地两级文化系统先进个人。王副馆长想，光说成绩人家会觉得这个人太骄傲狂妄，还应该说一些缺点。他最大的缺点是不大听话，上面的指示，他总要添点什么或减点什么，不能做到百分之百和不折不扣。譬如说这次招考文艺人才，本来看准一个好苗子选进来就是，他却要别出心裁，组织一个评委会，搞初试和面试。宣传口的干部全归冷部长管，没有他点头，谁也提拔不起来。王副馆长觉得既然冷部长不计较这点，将他由副转正，自己再不检讨冷冰冰的事没办好，就太不近人情了。这种缺点的根本问题是个性太强，宁折不弯，遇事不讲究调和，态度强硬，方法简单。王副馆长又安排自己在说了这一通后，一定要说说老罗的事。

老罗是馆里的音乐干部，他本是在下面乡里当电影放映员，因和县委书记是同学，才调到文化馆。来馆不到一年就搞了三个女人，其中两个是姑娘。弄得那一阵，天天有人来找老罗算账，搞得全馆乌烟瘴气。宣传部、文化局都不敢处理。那时，前任馆长刚调走，王副馆长刚刚开始代理馆长，上面将这事交给他处理。他将心一横，给了老罗一个行政记大过、停发当年奖金的处分。奖金停了半年，县委办公室就派人来说情，被他不客气地顶了回去，结果他在文化馆内的威信也变得如日中天。

王副馆长正在盘算这种小骂大帮忙的主意时，电话铃响了，隔着一道墙，清晰得很。跟着李会计在那边的会计室里喊："王馆长接电话！"

进了会计室，王副馆长一拿起话筒，就听出是县政府文卫科的史科长。史科长说上午来考试的人当中，有个叫肖乐乐的，他是行署文卫科肖科长的妹妹，一定要特别关照。王副馆长嘴上应承了，心里却骂道：“二十几岁，卵子还没长圆，就想在老子面前玩领导的味儿？真是睡着后笑醒了。”

放下电话后，李会计问他这次收的报考费怎么处理。王副馆长问清有差不多五百元时，就说：“再添一点，凑一千元，将银行那笔贷款的利息付了。”

李会计说：“是不是作奖金发了算了。银行的钱，一千两千地还，他们还嫌麻烦。”

王副馆长说：“没办法，银行这笔钱不还清，住在这房子里就不舒服，你同大家解释一下，现在为我捧捧场，将来会有大家的好处的。”

回到自己的办公室，王副馆长看见屋里有一个挺好看的女孩，心里有几分好感，就主动问她找谁。女孩说她叫肖乐乐，找王馆长。王副馆长想起刚才电话里史科长的口气，那点好感顿时消失得干干净净。他接过肖乐乐手里的条子，看也不看就放在桌上，借口叫肖乐乐出去放松放松，以免考试时太紧张，将她打发走了。

肖乐乐走后，接二连三地来了不少人，都是递条子的。王副馆长数了数，九个人参加考试，递的条子却有十三张。条子上落款的都是县里的头面人物，史科长在里面只算得上是一只小爬虫。

王副馆长瞅着那堆条子，犯了难，那些写条子的人都是不好得罪的。而这次招考只录取一人，原定是要录冷冰冰，那九个人只是陪着练练，就算才华超过王副馆长本人，他也不敢录取。

王副馆长想了一阵，想出个主意，就唤李会计过来商量。

李会计听说他准备让每个评委，给参加考试的人，统统都打九分，就摇头，说："这会让人看出问题来。不如规定从八点五到九点四，共十个分数。评第一个人时，第一个评委打八点五分，第二个评委打八点六分，第十个评委就打九点四分。评第二个人时，第一个评委打八点六分，第二个评委打八点七分，第十个评委打八点五分，这样依次排下去，去掉最高分和最低分后，每个人都是七十一点六分。"

王副馆长见李会计脱口说这许多数字，就说："你好像预先就知道许多事一样？"

李会计说："王馆长这样说，以后我就不敢为你当参谋了。"

王副馆长说："等我当了馆长时，一定举荐你当副馆长。"

李会计望着他不说话。

王副馆长说："我还想将评委秘密打分，改为公开亮分，免得有个别人不听话，暗地里下我的绊马索。"

李会计说："这个主意好，不看僧面看佛面，不看粥面看饭面，看谁敢得罪冷部长!”

王副馆长说：“很对，如果今天九个人得分一样，我就可以一个不取，这个名额还是冷冰冰的。”

商量好后，李会计就去通知评委们来开碰头会。

十个人都到了以后，王副馆长就说：“我先给个东西大家看看，然后请大家说说今天这个分数，怎么个打法。”

说着，他将桌上的十三张条子，递给评委们过目。

评委们看后，一个个脸上很严肃。

王副馆长说：“这样明目张胆地以权谋私，将后门开得比前门还大，我是很看不惯的。我的意见是一个也不录取。”

评委中有几个人齐声附和。

忽然评委中有人问：“怎么没见到冷冰冰的条子?”

王副馆长说：“冷部长知道有人写条子的事，他很生气，就不想让冷冰冰的清白之身被这些污水玷污了，正好冷冰冰又生病了，便放弃参加今天的面试。”

大家齐声“啊”了一下，然后都说就按王馆长的意思办。

九点半时，评委们鱼贯进入考场。一坐定，王副馆长就宣布面试开始。

由于不收门票，来观看的人很多。

开始几个七十一点六分出现时，大家都发出各种惊叹。特别是第九个七十一点六分出现时，考场轰地一响，像是天上打了一个滚雷。

等王副馆长重新出现在台上时，考场猛地静下来。

王副馆长说："出现这样的结果，是我们事先没有料到的。不管怎么样，我们将尊重评委的意见，慎重地进行研究。"

参加考试的人，都没料到会是这种结果，一个个不知说什么好。王副馆长说了几句安慰话，他们就随大家往外走。

一屋人中，只有两个人在笑：一个是小阎，一个是小阎的老师老马。

等人都走完后，王副馆长立即给冷部长打电话。他在电话里说，本来想下午亲自来汇报，但是组织部约他下午去谈话，所以就先将结果报告一下。他这样说，本是想探探冷部长的口气。冷部长只说了一句："你的高招真多，我都防不胜防了。"说完就放下了电话。

王副馆长猜不透冷部长话里的意思，回家吃午饭时，说给仿兰听，仿兰也无法判断。

4

下午，各机关都是一点半钟上班。王副馆长一点钟从家里出发，到组织部只用了十五分钟。

干部科的门敞着，有两个人在办公桌上下象棋。王副馆长冲着执黑的一方叫姚科长，又冲执红的一方叫张科长。二人都朝他点点头，说声你来了，又埋头厮杀去了。王副馆长见红方张科长走错一步棋，就想提醒他，终究是强忍住没有开口。黑方姚科长赶紧挥车叫将。张科长一看，将虽将不死，却要丢一只马。他懊悔不及，连连说自己不该太冲动了。

“太冲动了就要吃亏。”后一句是姚科长说的。

这时，墙上的石英钟响了一下。

张科长忙一推棋子，说：“上班时间到了，不能下了。”

姚科长说：“这盘棋你是输定了。”

张科长说：“那倒未必，古话说置之死地而后生。老王你说是不是。”

王副馆长说：“其实姚科长的棋也潜伏着危机。”

一边议论，一边将棋收拾好了。

姚科长又叫张科长给王副馆长泡茶，说张科长是输家，输家就得受罚。

张科长却反叫姚科长给客人泡茶，理由是姚科长爱跳舞，若不待王副馆长客气点，等文化馆舞厅建起来后，不买票就不许进。

姚科长不以为然，说他就不相信王副馆长会拦在门口六亲不认。

张科长说，王副馆长自然不会拦在门口，但他会请两个素不相识的民工守门，看谁有力气硬往里闯。

说着话又进来了一个人，是宣传部小阎的老师，那幅名为《秋风醉了》的摄影作品的老马。老马进门后，腼腆地冲王副馆长点点头，找了一个凳子坐下来。

姚科长和张科长扯了半天皮，到底谁也没去泡茶。

趁他俩扯皮刚告一段落，王副馆长赶忙插进来说话。他知道一会儿主管县直机关的徐副部长就要来了，等他来了自己就不好主动谈自己今后工作的设想。趁他没来，自己就开始说，等他来了，正好可以听到一部分，而这些事闲聊时说，比正式汇报效果要好。譬如说建一座高档舞厅，闲聊时可以说星期六晚十点半以后，舞厅灯光改为烛光，舞曲一律是慢三、慢四，而且还要设几处屏风，跳到最抒情时，可以转到屏风后面去。又譬如，建一个镭射电影厅，专放一些进口电影，因为镭射视盘是采用激光信息处理的，无法进行剪接，所以刺激性很强的镜头特多。等等这些，都不能在正式汇报时说，说了就要犯大忌。

王副馆长说，他打算年内将舞厅建起来，明年再投资搞镭射电影，后年搞一个健身房，这中间再看准机会办一个公司。

徐副部长果然在王副馆长说到最精彩处时走进来，除了老马起身上前和他握手，别人都没多大反应。

徐副部长一直在听，直到王副馆长将话说完，才开腔。他说："我们开始谈正事吧！"

姚科长赶忙起身给徐副部长倒水，却被张科长捷足先登了。

徐副部长接着说：“文化馆的工作，这两年在王代馆长的领导下，取得了一些成绩。考虑到上面对精神文明建设的高度重视，县里更不能小看它。所以，冷部长和我们商量过后，决定调西山乡副乡长马金台同志到文化馆担任馆长兼党支部书记。”

王副馆长听到这话，脑子里轰地一响，眼前泛起一层黑点。

徐副部长下面讲的什么，王副馆长听不大清。恍惚中只见一只手伸到面前，他下意识地握住，抬头一看，是老马。

老马说：“从前我是你的业余作者，现在转到文化战线上来，我仍是你的业余作者，因为我不算太内行，有些事还需要王馆长你多加指点。”

王副馆长定了定神，勉强开口说：“一个锅里吃饭的人，好说，好说！”

徐副部长又说：“你俩一正一副，分工是这样的：老马抓全盘，兼管人事。小王抓业务，兼管财经。不知你们有别的意见没有。”

老马说：“没有。我服从安排。”

王副馆长说：“我只管业务就行，别的都归老马吧！”

姚科长忽然说："一个人事，一个财经，是最重要的两件事，让一个头头管不好，缺少一种平衡机制。"

王副馆长本是赌气，听姚科长一说，就不再坚持了。他明白不管人事和财经就没有威信。

徐副部长说："小王，我知道你心里有意见，哪个副职不想转正？老马比你大十多岁不是？你在年龄上有优势嘛！年轻人要经得住磨炼和考验。"

王副馆长嘴里不作声，脸上更是毫无表情。

徐副部长又问老马："有什么困难没有？住房问题？家属问题？"

老马说："家属是半边户，田里的事离不开人，就算了。但我的两个孩子都在县里读高中，看看能不能搞几间宽敞些的房子？"

徐副部长说："文化馆做了新房子，腾一套出来没问题吧？"

王副馆长不能再装哑巴，想了想才说："只有腾李会计的房子了，他在西街上盖了一套私房，按政策有了私房的就不能住公房。"

徐副部长拍了一下巴掌说："就这样定了。"

张科长说："具体的还是王馆长去落实。这是老马的事，老马不便出面。"

王副馆长说:“我这个副职说话,不知他听不听?”

姚科长说:“我知道,你把文化馆几个人玩得像猴子一样,大家都听你的。”

王副馆长说:“你这样说可不好,老马来当一把手了,可别让他以为我在搞拉帮结派。”

老马忙说:“我们都是革命的左派。”

大家都笑起来,王副馆长也笑了笑,样子有点吃力。

于是,徐副部长站了起来:“今天的谈话就到此结束。我还约了别的同志来谈话。”

老马和王副馆长在走廊上一前一后走了一阵,又在楼梯上走了一阵,二人都没说话。

走到办公楼外的花坛边时,老马终于先开口了。

老马说:“王馆长,你看我几时上班合适?”

王副馆长说:“你是一把手,想几时上班都行。”

老马说:“那就明天吧!”

王副馆长说:“那我就回去通知,明天上午开欢迎会。”

老马说:“大家见见面也行。”

又走了几步,二人就分手了。老马住在招待所,与王副馆长走的不是一条路。

王副馆长在回文化馆的路上碰见了李会计。李会计从银行取款出来,站在路边喊他。

二人走到一起后，王副馆长埋怨道：“你知道要调外人来当馆长，怎么不直接告诉我？”

李会计说：“怕你感情上受不了。只好让我母亲向你父亲递个信，暗示一下。”

王副馆长说：“刚谈过话。老马要来文化馆里住，还相中了你那房子。徐部长指名让我督促你将房子腾给老马。”

李会计说：“老马没来文化馆，怎么知道的？”

王副馆长说：“上午宣传部的小阎领他来实地看过了，只是将你我蒙在鼓里。”

李会计立即骂起来：“狗日的老马，第一斧头想砍我，别想！”

王副馆长提醒他：“你的党员还在预备期呢！”

李会计说：“预备期我也要日他娘！”

王副馆长说：“骂归骂，房子还是得让给老马。另外，你通知一下，明天上午开全馆大会，欢迎老马到任。”

王副馆长说完扭头就走，走了几步又回头说：“顺顺气，当心将取的公款弄丢了。”

李会计在原地狠狠蹬脚，像是说宁肯不在文化馆干，也难咽下这口气。

5

王副馆长走到家门口，正碰见老罗从屋里出来。见到他，老罗便阴阴地笑，同时点点头，一句话不说就走开了。王副馆长很奇怪，老罗平日见了他像是见到仇人，怎么今天倒亲自上门来了？

进了屋，就见父亲的一副驼背正对着门口。

听见脚步声，父亲说：“有什么东西要补？罗同志！”

王副馆长一扬嗓子说：“同志个屁！”

父亲吓了一跳，转过身来，见是王副馆长，就说：“伢儿，你怎么了，也骂起老子来了？”

王副馆长一愣，避开这个话题：“我问你，姓罗的来干什么？”

父亲说：“没什么，让我给他补双鞋！”

王副馆长再也忍不住叫了起来：“姓罗的是什么东西？你这不值钱，给他补鞋！”

父亲说：“我补了一生鞋，只认鞋不认人。”停一下又说，“你说老子不值钱，老子就不值钱。老子一生只认破鞋，不认好鞋。没有那些破鞋，能有你光亮堂堂的今天？”

王副馆长说：“我不是说你，我是说姓罗的故意来损我，欺负我。他知道老马要来当馆长，我没法管他了，才敢让你给他补鞋。”

说着，王副馆长跳到走廊上，大声说：“姓罗的，将你的臭鞋提回去。”

老罗在走廊另一头站着回答："你说话怕是算不得数了。你父亲说过，补好后亲自给我送来。"

王副馆长说："你不拿走，我就将它扔到垃圾桶里去。"

老罗说："扔不扔我不管，我只找你父亲要我的鞋！"

王副馆长正要说什么，父亲从身后门里钻出来，平静地说："罗同志，请稍等会儿，这鞋我马上就能补好！"

老罗和王副馆长忽然说不出话来。

父亲佝偻着身子趴在地上，一下一下地将鞋补好，再稳稳地走到走廊那头，轻轻地将鞋交给老罗。

老罗说："王师傅，我给你钱，要多少？"

父亲说："我有儿子养，要钱做什么？只要你日后记得有个王老头给你补过鞋就行。"

老罗的脸一点一点地红了。

王副馆长知道父亲要对自己说什么，他没有在客厅里坐，径直进了卧室，关上门后，开始拨电话机上的拨号盘。

这次他要找八建公司的石经理。

王副馆长先将馆里领导班子变动的情况和石经理说了。

电话里的石经理急了："那你们拆旧房建舞厅的事有变化没有？"

王副馆长说："从明天起就不归我当家。我说不准。"

石经理说："好歹还有一个晚上，你支持我们一下吧，我老石不是那种过河拆桥的人，我是滴水之恩必报。”

王副馆长沉吟一阵，才说。“那就按原计划，晚上见面谈。不过有句话必须说在前面，我知道你们手上的活不多，所以，合同造价不能太高。起码要让明天上任的一把手找不到撕毁合同的把柄。”

石经理在电话里答应了。

放下电话，王副馆长正准备去幼儿园接女儿，仿兰抱着女儿从门外走进来。

王副馆长问：“怎回得这样早？哪儿不舒服吗？”

仿兰说：“还不是为了你的事怄得肚子疼！”

王副馆长说：“你都知道了？”

仿兰说：“代了几年馆长，起早摸黑地干，人瘦了几圈，到头来让别人坐享其成。”

王副馆长说：“昨晚你不是劝我别干这差事么？”

仿兰说：“劝归劝，事到临头，就得争那口气。”

王副馆长心里怦然一动，禁不住脱口说道：“这口气我非争回不可。”又说，“我要让他们看看这个家到底由谁来当！”

晚饭时，仿兰弄了点酒，王副馆长一连干三杯。

一直没说话的父亲，忽然开口说：“老罗送鞋来补时，说从乡下调了一个人来当馆长，这事可是真的？”

王副馆长说：“单位的事你少问。”

父亲说："我也是为了自己的儿子好。老罗说，新馆长已和他通了气，准备重用他。"

仿兰用鼻子嗤了一声："这也不是什么绝招，每个新来的头头，总是要利用先前的反对派来打天下，建立根据地。"

这话让王副馆长动了心思。反对派他不怕，怕就怕有人向老马那边倒戈。幸亏让他管财经，老马管人事。馆内的干部子女，大的已经参加工作，小的还在上小学和初中，没有待业的，不会求老马找事做。而财经上讲究一支笔签字报账，谅大家不敢做得太过分，以免得罪了他。至于业务，老马是个外行，他根本不把他放在眼里。想到这里，他像已经获胜一样，又喝了三杯酒。仿兰并不劝他，第一回由他喝去，在往常，她是绝不允许丈夫超过三杯的。

晚上，和八建公司的谈判是在外贸宾馆的一间客房里进行的。客房分为里外两间，大部分时间是王副馆长和石经理在里面屋里单独谈，石经理带来的人和文化馆的李会计在外屋吃点心喝咖啡。

王副馆长要求八建公司，明天就派几个人去扒旧房子，人别多，进度慢不怕，房子拆完后，停一阵再开始挖屋基，也不要搞得太快，屋基挖好后，就完全停下来。前面几点，石经理没有意见，只是认为屋基挖好后如果不做好屋脚，日后再做时，会有大量的返工。王副馆长当即表示，承诺五百元钱作为返工费。

谈妥这些，他俩就开门，唤各自的随从进来，在合同上正式签字。按照甲方文化馆的要求，合同签字日期提前了一个月。合同规定，舞厅造价为二十万零八千五百元。

合同一签，石经理就让八建公司的会计拿出一个红纸包，说按建筑行业的规定，王副馆长可以拿总造价百分之五的信息服务费。红纸包包的是一万元现金。王副馆长坚辞不受，并表示他决不做违犯党纪国法的事。后经协商，决定由八建公司给李会计家安一套燃气热水器，王副馆长这边则定为，待他父亲百年之后，由八建公司承担全部丧事费用，并负责建造一座墓。至于多余的钱，暂时留在八建公司的账上，待适当时机，凭王副馆长的条子，请文化馆全体人员到北戴河旅游一次。

签完合同出来，天上下起了雨，趁石经理打电话叫车来送他俩时，王副馆长问李会计，明天上午的会，是否通知到每一个人了。李会计叫声哎哟，说事情太多，他将这事忘了。王副馆长知道李会计心里是怎么想的，也不说破，只说，那就来几个算几个。

6

第二天早上，王副馆长准时七点半钟到馆里上班。还在一楼就听到头顶上有不少人在说话。上到二楼，见会议室的门已打开，老马和先到的几个在聊天。大家笑眯眯地认真听老马讲他当副乡长时的笑话。

王副馆长在门外站了一会儿，陆续又来了些人，连一向只来领工资的退居二线的老馆长也病怏怏地来了。王副馆长突然觉得李会计是不是在和自己玩瞒天过海的把戏。他昨天说忘了通知今天的会，但今天大家到得出奇的齐，会议室的门只有李会计有钥匙，却早早打开了。王副馆长想，李会计若倒戈，自己今后的处境就惨了。

王副馆长正在担心，李会计在楼梯上出现了。

王副馆长迎前几步说："你像个预备党员，好积极呀！"

李会计一愣后才说："门不是我开的。是老罗一大早上到我家去拿的钥匙。我还没起床呢！老罗说是老马叫他去拿的，老马还叫他去通知全馆人员今天来开会。"

听了这话，王副馆长才放下心，说："老马启用老罗，简直是对全馆其他人的侮辱。"

李会计说："我也觉得没有人愿意与老罗为伍！"

王副馆长说："决不能让老罗的尾巴翘起来，否则他会成为一条四处咬人的恶狗！"

李会计点了头。

王副馆长走进会议室，刚坐下就对老马说："开始吧！"也不等老马示意，便提高嗓门说，"今天这个会没别的议程，专门欢迎老马来馆里当馆长，请大家鼓掌欢迎。”大家都鼓了掌。王副馆长继续说：“老马以前专和农民打交道，抓火葬、抓计划生育、抓积肥很有办法。现在他要和各位文化人打交道，初来时可能会力不从心，希望大家多支持。下面请老马发表就职演说！”

老马自然是有备而来，他从那张获奖的摄影作品开始说：“我与文化馆是有缘分的，那年借人家一部旧照相机，随手拍了一张《秋风醉了》，就被王馆长慧眼看中，给了我很高的荣誉。”说着，老马从公文包里拿出那张照片让大家看。

别人看了什么都不说，只有老罗连声说好。传到王副馆长手上，他看到照片上，一位老农民正在旷野里伫望，一阵秋风将老农民头上的草帽吹下来，正好落在一只小狗的头上，小狗抬起前爪，活像一个人。

老马又说了一通客套话，然后是大家发言表态。老罗带头说，他感到新馆长到任后，各方面有耳目一新的味道，他本人争取在新馆长的领导下，创作出好的音乐作品，评上省政府颁发的“屈原文艺奖”。

老罗刚说完，搞文学创作的老宋就说：“我本不想说话，一听到老罗说新来的馆长能让他获此殊荣，那我就不能不表态。按照过去的俗话，人说话得算数，乡下的方法是吐泡痰在地上，如果没有做到，就得将这泡痰舔回去。文化馆的人要文明一些，不能随地吐痰。我提个建议，既然老罗表态要拿全省最高文艺奖，那我也表个态，只要老罗写的歌曲今年能获屈原文艺奖，我老宋明年一定拿回诺贝尔文学奖。说的不算吐的算，我吐泡痰在痰盂里，老罗你吐不吐。只要吐了谁做不到，谁就将这痰盂里的痰喝回去！”

大家都大笑起来。老罗摆出一副清高的架子，不搭理老宋。

李会计最后说：“老马看中了我那套房子，是看得起我，过两天我就腾出来。也算是以实际行动迎接新馆长吧。”

王副馆长及时插嘴：“说不定什么时候，上面给我们调来一个副馆长或副书记，希望在县城里有私房的同志向李会计学习，届时积极给予配合。”

接下来老马将正副馆长的分工宣布了。然后就散会。

老罗正要走，李会计叫住他，问会议室的茶杯怎么少了四只。老罗摇头表示不知道。李会计说：“不知道不行，你开的门，茶杯少了该你负责赔。”

老罗说：“你以前就丢了，别想往我头上赖。”

李会计说：“你才是赖呢！昨天上午考试，四十只茶杯还一只不少。”

老马出来打圆场说：“几只杯子，丢了算了。”

王副馆长马上说：“这可不行。馆里订了制度呢，除非你宣布以前的制度全部作废。”

老马愣了愣说：“既然有制度就按制度办。”

李会计说：“听见没有，老罗，四个茶杯共九元六角钱，在这个月的工资里面扣。拿钥匙时，我说过会议室里小东西多，丢了不好办。你说没问题，丢了你负责。你说获奖的话可以不算数，馆里的财物保管制度是必须算数的。”

老罗气急败坏地说：“谁敢扣我的工资，我要闹得全馆的人都领不成工资。”

老罗边说边往外走，刚走到门口，猛地传来一声巨响，跟着一股尘土从楼下冲天而起。大家赶忙用手捂住鼻子。

老马冒着灰尘走到走廊边，探头一看，见一群人正在拆那栋先前作为电视录像厅的平房周围的临时棚子。

见老马一脸的疑惑，王副馆长装出一副对不起的模样说：“忘了和你通气，拆这房子是准备盖舞厅的。”

老马问：“签合同了吗？”

王副馆长说：“上个月签的。”

老马不作声。

李会计将会议室的一张旧办公桌腾出来，给老马用。办公桌有七成新，王副馆长嫌它旧了，别让人见了说文化馆的人欺负老马是后来的，就要李会计去买张新的，反正会议室也需要桌子。老罗自告奋勇要去帮忙抬回来，老马推辞几下，也就随他去了。

不到一个小时，老马和老罗就抬回了一张新办公桌，和王副馆长的桌子摆成对面。

老罗拿着发票去找李会计报销。李会计见上面只有老马的签字，就不给报销，要他去找王副馆长签字。老罗回到馆长办公室，将发票递给老马，并说："你签的字没有效，非得王馆长签了字才行。"老马瞅着发票怔怔地没反应，王副馆长伸手拿过发票，飞快地签上"同意报销"四个字，然后将发票丢在桌面上。老罗见老马不说话，只好拿上发票出去了。

老马忍了半天，终于开口说："我在乡里工作时，乡长和管财经的副乡长签字的发票都能报销。"

王副馆长说："你那是乡政府，是权力机关，这儿是文化馆，是事业单位。"又说，"县里各机关都是这样。还有，组织部不是对你我的分工规定得很清楚吗？"

老马无话可说，就要了一份馆内全年工作计划去看。

下午，老马又找李会计，将文化馆与八建公司签的合同拿去查看。王副馆长听李会计说后，也去了会议室。老马刚看完，正一个人在那儿抽烟。

王副馆长说："昨天上午考试的事，得好好研究一下，不得出个结果，可没法向考生们交代。"

老马说："你是怎么考虑的？"

王副馆长说："我是一点办法也没有，就看你这一把手的了。"

老马说："那就拖一拖吧，拖到最后，就不了了之。"

王副馆长仿佛才看到桌上的合同书："哟，你在重新审查舞厅合同呀。查出问题没有，如果有问题还来得及处理。"

老马支吾说："我没这个意思，只是想看看未来的舞厅是个什么模样。"

王副馆长问："建价还合理吧？"

老马说："没办法比这更合理了。"

这天，王副馆长正在楼下和拆房子的工人聊天，李会计将他喊到一旁，告诉他老马买办公桌的那张发票有问题。办公桌都是一百五六十元钱一张，可老马的这张发票上写的是二百一十元。于是他就偷偷去查了一下，原来是老罗从中做了手脚，瞒着老马，偷偷给自己买了一对藤椅。

王副馆长想了想，让李会计别声张，先压一压再说，等到扣茶杯钱款时，老罗若闹事再一起处理。然而，真到发工资时，老罗签上姓名，拿着自己的工资一声不吭地走开了。

老马这几天一直要李会计腾房子，他不便直接和李会计说，老是找王副馆长，要他催一催。王副馆长趁势和李会计说了这事，李会计答应后天搬。王副馆长却说："楼下拆得这样乱七八糟的，你不怕将彩电、冰箱和家具碰坏了？"李会计心领神会，马上说等房基做好以后，马上就搬。

王副馆长随后将这话传给了老马。

老马当时没作声，过后他向冷部长做了汇报。冷部长就让小阎给王副馆长打电话，限李会计三天之内搬家，否则，每天收十元钱的房租，或者老马住招待所的钱由李会计出。王副馆长认为这样做不妥，让小阎转告冷部长，说如果老马是普通干部，这样做倒没多大后遗症，但情况不是这样，当二把手的他，就不能不请领导慎重考虑。

说这些话时，李会计就在旁边，他几次伸手夺话筒，都被王副馆长挡回去了。

王副馆长放下电话对他说："官大一级压死人，你就让让步吧。"

李会计气得脸发白，赌气不答应。

王副馆长说："我做个主，馆里给你报销全部搬家费用。"

李会计像受了很大委屈似的，勉强同意了。

到搬家时，李会计将屋里的灯泡、锁全部下走了，还用砖头在客厅正中砸了两个大洞。

老马搬来文化馆后，一连几个晚上屋里是黑的，不知线路上出了什么问题，崭新的灯泡没有一个发亮，最后只好将全部线路换了，才算解决问题。

老马的两个孩子也来文化馆住。老马在乡下总是吃现成饭，文化馆没有食堂，他只好自己烧火做饭。因为没做饭的习惯，两个孩子总说他做的菜，比学生食堂做的菜还难吃。

那天，老马接王副馆长的父亲到他家帮忙补鞋，二人聊起来后，老马说他真不该到文化馆里来。

自从老马来后，王副馆长上班总是迟到。这天，他一进办公室，老马就告诉他，人事局将冷冰冰分配到文化馆来了。

王副馆长问："是上面硬性分的，还是馆里自愿接收的？"

老马犹豫了一下，才说："是我同意的。"

王副馆长说："你是一把手，有同意权。"

老马也不客气，就和他商量，给冷冰冰安排个什么工作。王副馆长就说这些天了，老马心里应当有所考虑。老马就说他想将冷冰冰安排搞文学创作。王副馆长说他没意见，只是老宋的工作得重新安排。老马说，就是老宋的工作不好安排，他才犯难的。王副馆长说，经营部不是缺个副主任么？老马想了想也没有别的办法，便同意了。

冷冰冰来报到后，老马约老宋到办公室里谈了一次话。谈得不投机时，老宋拍起桌子和老马吵了一架，还指鸡骂狗地将冷部长骂了一通。冷冰冰当即气得哭着跑出文化馆大门。

第二天，一上班，老宋就递交了停薪留职的报告，说自己是不愿做奴隶的人们，要用自己的血肉筑成新的长城。老宋不愿做老马的长工，给老马赚钱，还不如自己去挣点现成的。

老宋将报告交给王副馆长。他不愿见老马，说自己一见到老马，就会变成杀人犯。

王副馆长将报告复印一份后，将原件交给了老马，自己揣着复印件去了一趟宣传部。

正好冷部长在秘书科坐着。王副馆长将复印件给了冷部长。冷部长扫了一眼后不高兴地说："老马连这点小事都处理不好，这多年的副乡长是怎么当的？"

王副馆长说："文化馆的人，个个都很难缠。"

冷部长觉得自己失言了，就不再说话。

王副馆长像是无聊地找话说，他敲了敲办公桌，问小阎知不知道现在的办公桌多少钱一张。小阎说多不超过一百六，少不低于一百五。王副馆长笑起来，说小阎衙门坐久了不知民情，老马前些时亲自去买了一张和这一模一样的办公桌，不多不少整花了二百一十元。

王副馆长说完后，并不去看冷部长，但他从小阎的眼里看出，冷部长脸色没有以前好看了。

7

冷冰冰上班的第一天，就将两腿的膝盖全摔破了。那一天，她起床晚了，没吃早餐就来上班。在办公室坐了一会，她才起身上街去买油条。走到一楼楼梯口时，正遇上王副馆长，正在打个招呼时，没提防脚下有一堆乱砖头，踩上去后，身子一歪，王副馆长伸手没扯住，冷冰冰的身子横着倒下去，左边膝盖当即出了血。她爬起来，一边直叫哎哟，一边瘸着往前走，一根废钢筋正好勾住她的大摆裙。这次王副馆长及时拉住了她，她只是双膝跪了一下，不过右边膝盖仍出了血，高高的鞋跟也扭断了。

冷冰冰流着泪问："这破房子要拆到哪年哪月才能拆完？"

王副馆长说："你问老马去，老马不弄点钱给建筑公司，他们当然干得不起劲呀！"

王副馆长将冷冰冰扶到家里，给她的膝盖上搽了红药水，又敷上消炎粉。

王副馆长的父亲见冷冰冰的鞋跟坏了，就要给她修一修。

王副馆长正想说什么，李会计在楼下喊他接电话，他便匆匆去了。

电话是县爱国卫生委员会打来的，说下个月五号，省爱国卫生检查团要来县里检查验收，文化馆拆房工地必须迅速清理好，县长发了话，文化馆工地是重中之重，必须整改好，否则，因此评不上文明城镇，是要处分人的。王副馆长答应，一定将此事转告老马，尽快按上面的要求，将环境搞好，不丢县里的丑。

老马因为要给两个孩子做饭、洗衣服，加上在乡里工作散漫惯了，上班从不守时。王副馆长等了一会儿，见老马还没来，就给他留了个条子。回头看看日历，见已是月底三十号了，又在条子上加一句，说自己这几天带冷冰冰下乡走访业余作者去了。

王副馆长回家时，冷冰冰正在试鞋。王副馆长问她想不想和基层的业余作者见见面，相互熟识一下。冷冰冰因为自己一下子成了全县业余作者的头头，当然想下去转转，满口答应之后，也不管双膝多么疼，一溜小跑地回去拿行李，再去车站赶十点钟的班车。

冷冰冰走后，父亲告诉王副馆长，冷冰冰亲口说的，她多次在冷部长面前建议，老马是个平庸的人、无能的人，文化馆的工作要想搞上去，必须依靠王副馆长。

听了这话，王副馆长忽然觉得，其实父亲帮人补鞋，得到最大好处的是他，父亲这样做既可以帮他联络与别人的感情，又可以从中得到一些有用的消息。

王副馆长随后给仿兰打了个电话。听说丈夫和冷冰冰一起下乡，仿兰有点不高兴。王副馆长就开导她，说人家是县委常委的千金，自己就是有贼心，也无贼胆呀。

王副馆长和冷冰冰走后，老马才到办公室，见了条子，他有些无所谓。在乡下，这类检查他见得多，无非是到时拣个好去处领着检查团逛一逛，然后弄点酒菜热情款待一番，就没有不合格的。老马不知道，机关工作对此类事是极认真的。机关的人都是你上班我也上班，你下班我也下班，一起看报，一起聊天，你起草文件，我起草报告，都是一样的事，难分个高下。能分出高下的就是门上贴的“最清洁”、“清洁”、“争取清洁”等一类的纸条。

老马到拆房工地和工头打了声招呼，要他们将工程垃圾顺顺，别太丢人现眼。

过了两天，老马正在家洗衣服，李会计喊他去办公室有事。老马拖了一会，想将几件衣服洗完，还剩最后一条裤子时，老罗慌慌张张地跑来，说冷部长在办公室等了半天，见老马还不来，就生气地走了，并要老马立即去宣传部见他。

老马慌了，一扔衣服，手上的肥皂泡也顾不上擦，关上门就往宣传部赶。

到了宣传部后，才知冷部长专门为清理文化馆工地上的垃圾而登门的。冷部长是爱国卫生委员会主任。离五号只剩下两天时间，文化馆上上下下仍旧没有一点动静。文化馆地处县城的繁华路段，进县城的车辆和行人都要从门前经过，它的好与差，都是藏不住，躲不掉的。冷部长登门时就很恼火，没料到又坐了一番冷板凳，若是当时碰见老马，肯定给他两耳光，再踢上一脚。

弄清冷部长的意思以后，老马出了一身冷汗，他当场表示，两天之内就是用手捧，也要把建筑工地上的垃圾处理完。

老马回文化馆后，一边打电话，一边怪李会计没有把话说清。李会计辩解说，冷部长来自然是有事，没事他来干什么，总不会是特意来同老马叙什么旧吧？

这时，八建公司的电话通了，老马说他要找石经理。接电话的人说石经理出差去武汉还没回来。老马说，那就找其他副经理。接电话的人又说，只有一个副经理在家，但他不是分管文化馆工地的。老马还是要和这个副经理说话。副经理接了电话，问清意思后，为难地说，各工地都承包了，必须由分管的副经理才能解决。

老马说了半天没有丁点效果。放下电话，他直接去工地找工头，要他们赶紧将工地上的建筑垃圾清理一下。工头硬邦邦地说，他们施工从来就是这样，工程完了才搞清理。

老马急了，说："若不听我的，这工程就不让你们做了。"

工头高兴地说："那样更好，我们可以白拿一笔赔偿金。"

老马急得团团转，心火上来，牙床肿得像红萝卜，一整夜没合上眼。第二天起床，眼睛还没有睁开就出外奔波，结果仍是徒劳一天。

晚上，老马没办法，只好硬着头皮给冷部长打电话，说这事他干不成，撤了职也没办法。冷部长无奈，就答应明天到文化馆工地现场办公。

四号早上，老马去工地转悠时，正好碰上风尘仆仆赶回来的王副馆长。

王副馆长问老马的脸怎么肿成这个样子，像是被鬼打了。老马说是牙疼上火。王副馆长没往下问，径直回家去了。

早饭后不久，冷部长来了，八建公司的头头们也都来了。石经理表态表得很好。但他刚说完，分管的副经理就说，这么多的垃圾，就是日死狗一样地干，一天也拉不完，就是两天也很勉强。

大家一算账，果然有道理。

冷部长一直没说话。

李会计这时说："听说王馆长回来了，叫他来，说不定他能想出什么办法来。"

冷部长点点头表示同意。

转眼之间，李会计就将王副馆长叫来了。

听了大家的叙说后，王副馆长后退几步到街中心站了一会，然后又爬到对面二楼的阳台上看了看，然后说："有个主意不知行不行，这些垃圾一点也不搬，像大城市街上搞建筑一样，用塑料编织布围起来，让外面的人看不见里面的情况。"

大家听了都说好。

冷部长脸色也缓和了些，说："就这样试试，我明天早上来验收。"

冷部长说话果然算话，第二天一早就来了。老马和王副馆长，还有石经理更是早早就在工地旁边等候。

冷部长绕着塑料编织布看了两遍，果然围得严严实实，从外面看不见里面，从里面看不见外面。冷部长满意地笑了，但他没有表扬王副馆长。王副馆长原以为他会这么做的，心里已经盘算好如何回答。所以，他有点失望。

石经理走后，冷部长到文化馆办公室坐了一阵，其间语重心长地对老马说："小王代了几年馆长，为馆里竖起一栋大楼，你可别连一栋小楼也竖不起来哟!"

老马说："人过留名，雁过留声。我在文化馆干一阵，当然也想给大家留点什么作纪念。"

从这一天起，老马开始特别关注舞厅工程的进度。

老马一过问，房子拆得比以前快了，过了一个月，地基也挖好了。

然而，就在地基挖好后的第二天，八建公司将人员设备全部撤走了。理由是文化馆必须预付十万元工程款。十万元到账了，他们才复工。

老马便开始四处筹钱。

财政局、银行、计委，他每家至少跑了十遍，才找到一点门路：行署文卫科肖科长有个妹妹叫肖乐乐，会唱歌跳舞，可是户口在农村，肖科长放风说，如果能将肖乐乐安排到文化馆工作，他可以帮忙在地区财政局搞到五万元财政拨款。

老马觉得此事是千载难逢，就召集王副馆长、李会计等开馆务会。

老马说："五万元，光利息就可以养活肖乐乐。何况这是财政拨款，百分之百划算。"

大家都表示没意见。

老马说："那就把肖乐乐作为上次考试的合格者，进行录取。"

大家仍没意见。

过了不久，肖乐乐就来馆里报到，被安排在音乐组，和老罗在一起。

又过了不久，肖科长打电话来，说五万元已经汇出。

李会计接电话后，就和王副馆长说了。

王副馆长说："我们建这栋楼吃那么多的苦，还落下十万元的债。老马来，挑好房子白住，从不过问过去的债，一心只想建舞厅，为自己树碑立传，这太不公平了。"

李会计说："其实，只要和银行透透风，他们就会用这笔钱去冲旧账的。"

王副馆长想了想说："这样也行。反正我们也是为公，自己得不到半厘钱的好处。"

李会计说："确实如此。"

上午，李会计提前下班去了一趟银行。

下午上班时，李会计瞅空告诉王副馆长，一切顺利。

老马等了半个月不见五万元到账，他拉上李会计亲自去银行查账，才知道这五万元被银行扣下，还了过去的贷款。

老马求爷爷告奶奶，说了一个星期好话，最后还是肖科长出面，银行才吐出一万元，不过是贷款，期限一年。

八建公司用这一万元，将舞厅的地基填起来后，又停了工。

8

这天，王副馆长正在家看电视，外面有人敲门。

外面很黑，刚开门一下子没看清，待那人进门后，才知道是老宋。

多时不见，只听说老宋发财了。王副馆长见老宋那副油腻腻、红光光的脸面，就相信这话一点不假。

老宋见面就说："我想整一下老马这狗日的。"

王副馆长说："那口气还没消哇？"

老宋说："除非老马垮台。"

王副馆长说："老马垮不了。"

老宋说："我看未必。上回的考试，大家意见大得很，若是知道老马私自招收了冷冰冰和肖乐乐，他们不把文化馆闹个底朝天才怪。”

王副馆长说：“你可不能到处煽动人民群众造反！”

老宋说：“你怕什么？”

王副馆长说：“你还想不想回文化馆？”

老宋说：“老马一走我就回。”

王副馆长说：“这事牵扯到冷部长，若是得罪了冷部长，事情就闹大了。还有，冷部长知道我和老马不大合拍，说不定还会猜疑是我谋划的呢！”

老宋说：“妈的！没料到还得放那老东西一马。”

又说了一会儿话，老宋从包里拿一条“阿诗玛”香烟送给王副馆长。王副馆长不肯收。老宋说，这是他刚才打麻将赢的，没花本钱，不收白不收。王副馆长笑一笑后，不再推辞。

送老宋出门时，见外面开始下雨了，王副馆长就叫仿兰收阳台上的衣服。

半夜里，王副馆长被雨惊醒。起床关窗户时，他发现雨下得很猛，很恐怖。

这场雨下了一个星期，县里主要领导都下去防洪。领导下去时都要带一名记者，电视台的摄像记者被书记、县长、副书记和组织部长带去了。作为第五把手的冷部长只好叫文化馆派个搞摄影的人，随他一道下去。

老马见此项任务重大，就自告奋勇地随冷部长下乡。

老马在乡下干的时间长，有经验，他想借此机会，在冷部长面前挽回影响。老马鞍前马后随冷部长跑了五天，回来后，冷部长果然在几个不同的场合里表扬了他。

这一阵县电视台都是关于抗洪救灾的新闻，由于没人扛着摄像机跟着冷部长，所以电视上一直没有冷部长的镜头，只有几条口播新闻里提到冷部长。

就在这时，地区群艺馆下发了一下通知，准备举办全区“战洪图”摄影作品大展。老马灵机一动，便决定先搞一个全县抗洪救灾的摄影作品展览。

王副馆长自然没有不同意的。

经过半个月的筹备，共征集到一百多幅作品。老马也从自己的摄影作品中拿出十余幅，放入其中，然后由馆内几个搞摄影的人，从中挑出七十幅参加展览。

王副馆长也在其中。

他对老马的摄影作品很有兴趣，他说老马拍摄的这一组作品在用光和造型上，都与《秋风醉了》有质的区别。老马的这组作品以冷部长在洪水到来之际的各种动作和表情为联系，构成一个有机整体。大家一致同意这十幅作品全部入选。

展览定于九月一日开幕。八月三十一日，先进行预展，请主要领导来审查。冷部长听老马汇报了展览内容，很是高兴。刚好地委宣传部熊部长下来检查慰问，冷部长就邀他一道来看预展。

熊部长和冷部长进展厅时，老马带头鼓掌，王副馆长和参展作品的作者也都鼓了掌。

冷部长扫了一眼那十幅关于他的作品后，就回头注视熊部长看这些作品的表情。

熊部长按照次序细细看来，看到有特点的作品还评说几句。当看到老马的十幅作品时，熊部长忍不住皱起了眉头。尽管他很快就纠正了这一动作，但还是被冷部长和老马他们发现了。

老马回头再看自己的作品，不免大吃一惊！别的作品中，抢险救灾的干部群众个个样子像泥猴，唯有自己拍摄的冷部长，上着白衬衣，下穿丝袜和胶鞋，旁边还有人替他打伞遮雨。

老马喃喃地说："我怎么没考虑到这一点呢?"边说，两腿边发起抖来。

冷部长送熊部长回宾馆后，又独自回到文化馆。展厅里只有老马一个人，他正在将自己的作品往下取。冷部长将手中的茶水瓶，一下子摔到老马的面前，并大吼一声说："老马，你真是一头教不转的蠢猪。你误老子不浅啦!"

老马吓得一句话也说不出来。

冷部长走后，老马镇定精神，到暗室里泡了几个钟头，仍挑不出一张有关冷部长抗洪的比较像样的摄影作品。

他在暗室里呆坐到天黑，听见孩子在外面喊，他才出来。

第二天正式展出，县委书记要来剪彩，冷部长不能不来。

剪完彩，进了展厅，冷部长看见昨天挂着老马的摄影作品的地方，换了一幅二十寸的摄影作品也是关于他的。

县委书记看过之后，连连说拍得好，拍出了冷部长的精神面貌。

这幅摄影作品的作者却是王副馆长。

不过，只有拍摄者和被拍摄者自己清楚，这是几年前拍的。当时冷部长还是个科长，有一天，他拖着板车去煤厂买煤，回来时遇上了雷阵雨，他将衣服脱下来遮住车上的煤，冒雨往家里拖，正赶上王副馆长拿着照相机在路旁的屋檐下躲雨，就将冷部长的狼狈样子拍了下来。照片洗出来后，王副馆长还特地跑到宣传部和他逗乐了好一阵。

全县“抗洪救灾”摄影作品展览闭幕那天，冷部长让冷冰冰捎了一句话给王副馆长，说他的鬼点子真多。

王副馆长的这张摄影作品被选送到地区参加展览，受到一致好评。并被改名为《宣传部长》发表在省报上。

九月底，冷冰冰悄悄告诉他，老马要调离文化馆了。

果然，没隔几天，老马就被组织部找去谈话，让他去县农科所任党支部书记。

9

老马一走，上面又让王副馆长代理馆长。

他一个电话打到八建公司石经理的家里，要他明天就让舞厅工程重新开工，并且在一个月内竣工。石经理叫了一阵难处，最后双方商定，大后天正式开工，十月中旬交付使用。

接下来王副馆长又在馆内宣布，舞厅十一月一日正式开业。

他估计，进入到十二月，县里就开始调整各级领导班子，所以，自己在这之前必须干出点实绩来，别把这次良机错过了。

王副馆长将一切都安排妥当后，就让李会计准备两千元钱现金，他要到省里去要钱。

李会计忙了两天，也只筹到五百元。

出发的头一天中午，老宋忽然找着王副馆长，要求重新上班。

王副馆长一见到老宋，心中就有了主意。老宋说了以后，他就答应下来，但要老宋向馆里上缴一些管理费。老宋丝毫没有犹豫，问上缴多少。王副馆长说，就两千吧。谁知老宋眉头也没皱一下，就从怀里掏出一叠百元票子，数了数后，抽出一半扔给王副馆长。弄得他十分后悔没有将金额翻一番。

后来，王副馆长想出一个补救措施，让老宋陪他一道上省里去要钱。

在宣传口，王副馆长会要钱是出了名的。他平时对上面的人舍得下本钱，所以遇到工作上的难题，急需钱来解决时，总有人出来帮忙。这回去省里，又得到老宋的鼎力相助，王副馆长真是如虎添翼。老宋在外面跑了大半年生意，非常熟悉省里的人现在喜欢什么，想尿尿的就送夜壶，想睡觉的就送枕头。再加上在党政机关工作的生意朋友帮忙，来来去去，只一个星期，就从文化厅和财政厅各要了五万元。

回来一说，冷部长还不大相信，半个月后，省里的钱到了账，大家才心服口服。

王副馆长从省里回来，发现父亲又抽起搁下多年的旱烟筒。

晚上和仿兰亲热一回后，仿兰告诉他，女儿近一段很喜欢喝爷爷泡的水，昨天她将女儿喝的水尝尝后发觉，那水里有一股旱烟味。王副馆长并不在意，解释说，旱烟气味本来就很重，加上父亲的手摸了碗沿，气味就更明显了。

仿兰又告诉他，他走后的第三天，老罗喝醉了酒，从老马屋里出来后，站在走廊上，指名道姓地骂王副馆长心太黑，杀人不用刀子，难怪他家要断子绝孙。他父亲听了这话后，气得拿上补鞋用的割胶刀，要去找老罗拼命。幸亏李会计在场，他力气大，才拖住。

王副馆长叹了一口气说：“你也不给我家争口气，一胎生下个儿子。”

仿兰捶了他一下说：“你有本事再弄个准生证，我一定给你生个儿子。”

王副馆长说：“不说这无味的话了。不过老罗这杂种，有事情再犯在我手上，非要整得他用膝盖走路。”

第二天，王副馆长在家休息，睡懒觉睡到上午十点还未起床。躺在床上忽然听到外面有人说话，细细听，听出是李会计的母亲，又送鞋来让父亲帮忙补。

二人拉了一会儿家常话，父亲便改了话题，问：“你先前说，如果第一胎生下的孩子残废了，就可以生第二个？”

李会计的母亲说：“那还有假！我儿媳妇的同事头胎生个孩子是哑巴，计生办的人就让她生了第二胎。两胎还都是儿子呢！”

父亲叹气说：“人家怎么有那好的福分。”

又说了一阵，李会计的母亲约好来拿鞋的时间就告辞走了。

王副馆长穿好衣服，从房里走出来时。父亲吃了一惊，问：“你没上班？”

王副馆长说：“出差累了，休息半天。”

刚刷完牙，李会计就来传话，说冷部长打电话来，不同意这么随随便便就让老宋回馆里上班，不然，单位就成了公共厕所，可以随便进，随便出。冷部长要馆里写出正式报告，老宋写出全面汇报，送给他看看之后再说。

王副馆长和李会计商量一阵，觉得老宋的汇报可以叫老宋写，就说馆里要，别的都得瞒着老宋。

后来这事还是让老宋知道了。他指着冷冰冰的鼻子说："你爸爸是个伪君子。"

老宋心里对冷部长的怨恨越发深了。

老马工作调动之后，人还住在文化馆，新单位没有房子给他住，他也舍不得搬出这套三室一厅。

王副馆长抽空上老马屋里坐了一回。去时，老马正在喂罐头瓶里的一只金鱼。

王副馆长说："你这么喂，不出三天，鱼就会憋死。我有一只鱼缸，闲着没用，送给你好了。"

说完，王副馆长就转身出门，片刻后，真的拿来一只鱼缸。

老马非常感谢。

王副馆长问他在新单位工作怎么样。老马说，那单位里头头本来就多了，他去后，只是每月主持开两次支部会议。幸好学会了喂金鱼，他还准备栽几盆花。王副馆长说，难得老马这么快就想开了。

老马将金鱼换地方时说："上次老罗赖着在我这里喝酒，我又不好撵他，结果喝醉了，骂了你的人，搞得我真不好意思见你。老罗这人品质不好，当初我想依靠他开展工作，真是有眼无珠。"

王副馆长来老马屋里，本来是打算问问那次老罗借酒装疯的情况，同时暗示一下老马，让他少过问馆里的事。见老马主动说起，王副馆长反而觉得自己过虑了，就说："当初，在一些事上，我与你配合不好，你走后，才觉得实在可惜。"

又问了老马两个孩子的学习情况，王副馆长便推说有事，得走了。临出门时，他许诺说，过几天送两条名贵金鱼给老马。

第二天，他就给老马送来一只墨龙和一只狮子头。

到了十月半，舞厅进入了内部装修阶段。天气也渐渐凉了，王副馆长就让石经理拿出那笔钱，安排全馆的人到北戴河旅游。

老马也去了，是王副馆长请他去的，还让他在路上带队。

王副馆长自己没去，他一个人在家照料舞厅的事。他让李会计每天打个电话回，汇报路上的情况，特别是大家的情绪。

李会计每次打电话回来，总说大家情绪很高涨。

这天，仿兰冷不愣丁地问他："你听说过用烟油泡水喝，可以让好人变成哑巴的秘方吗?”

王副馆长说:“小时候,好像听大人们这样说过。”

仿兰不再说话,等王副馆长上班去后,她没有送女儿上幼儿园,并对王副馆长的父亲说自己要去烫发,让王副馆长的父亲照看一下孩子。趁其不注意,她偷偷溜进王副馆长父亲的房里,躲在蚊帐后面。

过了一会儿,女儿叫渴,要喝水。

仿兰看见王副馆长的父亲倒了一杯水,然后用一根细铁丝,从旱烟杆里一点点地掏出些烟油,放到茶杯里搅了搅,便端给女儿喝。

仿兰大叫一声,从蚊帐后面跑出来,夺过那杯水,一下子浇到王副馆长父亲的脸上。

事情也巧,王副馆长到办公室门前准备开门,才发现钥匙忘了拿,就转身往回走。在楼前碰到宣传部小阎和组织部姚科长、张科长站在路边说话,他就走拢去凑合着说了几句。大家都盼舞厅早点建成。王副馆长再次许诺,到时候负责供应他们的票。

王副馆长的回到家里,正好听到仿兰在骂:“你这个老不死的,你想害我的女儿,我到法院去告你!”

王副馆长一步跳入屋内,问到底是怎么回事。仿兰将事情经过从头到尾说了一遍。原以为丈夫会帮她一起惩罚父亲,谁知王副馆长走上来，照准她的左脸扇了一耳光，又朝右脸掴了一巴掌，并骂道："你这个不行孝的女人！为了一件小事就将开水往父亲的脸上浇，将父亲的脸烫成这个样子，叫我如何出去见人，大家会指着我的背，骂我是只要老婆不要父亲的家伙。你以为喝点烟油水，就真能让人变成哑巴？你到医院去找人问一问！真的这么容易，那天下的哑巴不知有多少！"

仿兰被王副馆长两耳光打懵了。好半天才清醒过来，抱起女儿就往外跑。

王副馆长知道仿兰要回娘家去，也不阻拦，反说："想通了就自己回来，我没空去接。"

仿兰走后，屋里只剩下王副馆长和父亲。

王副馆长什么话也没说，默默将正红花油一点点地往父亲脸上搽。刚搽了几下，父亲就推开他的手，钻进蚊帐里，用被子包着头，一声声地哀号起来。王副馆长听见父亲在哭诉："巧儿，你怎么不带我一起走呢，让我留在阳间活受罪。"

巧儿是母亲的乳名。

王副馆长一听到母亲的名字，眼泪就流出来了。母亲生下他不到两个月就死了。母亲死时，他还叼着她的奶头。之后，父亲打光棍将他带大。

家里这一番闹，外人并不知道。

这天李会计打电话回，说旅游人员已到了武汉，明天就可以到家。

接完电话后，王副馆长就给仿兰的单位打电话。仿兰一接电话，王副馆长就开门见山地要她回家，不然，全馆人员明天回了，将这事传出去，就会将他所有的优点一扫帚扫掉了。仿兰在电话里嗯了嗯，没说回，也没说不回。

天黑后，王副馆长见仿兰还没回，就叹了口气，决定去仿兰娘家接她们母女俩。县城很小，两里路走了一里，就看见仿兰抱着女儿过来了。

一家四口重新住到一起后，大家都不知道说什么好。夜里，女儿刚一睡着，王副馆长就厚着脸皮撩仿兰，撩了一阵，他就得手了，夫妻俩也就和好如初了。

仿兰回来后，王副馆长的父亲就搬出那只多年不用的补鞋箱，到街上去摆了一个摊。每天早上，仿兰母女俩没起床他就出了门，夜晚等她俩睡后才收摊回家，三餐饭都是王副馆长送到街上去吃。

外出旅游的人回来时，八建公司已将舞厅修好了。

王副馆长召集大家开会，讲清楚离十一月一日舞厅开业，只剩下一个星期了。他要求大家在这段时间里，克服一切困难，哪怕不分昼夜地加班，也要将舞厅内的各种设施装潢搞好。所有人都兴高采烈地答应了，老罗也表了很好的态。

文化馆的人从没有这样齐心，刚好整五天，就将一切都布置妥当了。

那天下午，王副馆长将电闸一合，舞厅内顿时华灯齐放，音乐悠扬，大家忍不住跳了几支曲子，华尔兹也好，探戈也好，都跳得有模有样。

冷冰冰回家吃晚饭时，在冷部长面前描述了一通。冷部长搁下碗筷，要冷冰冰陪他到舞厅去看看。

冷冰冰连忙给王副馆长打了个电话。王副馆长得信后，又以冷部长的名义，请几个有关单位的头头来看看。同时，又让肖乐乐她们几个，好好打扮一下，晚上陪冷部长他们多跳几曲舞。

冷部长来后，对舞厅的一切都很满意，唯一不满意的是舞厅还没有取个名字。

王副馆长连忙检讨自己的疏忽。

冷冰冰趁机在一旁说："老马搞了快一年只搞了个屋基，王馆长只用一个半月就搞起来了。你再让他这么'代'下去，我都对你有意见。"

冷部长弹了女儿一指，说："只要真是人才，总会有用他的时候。"

王副馆长忙说："那是。那是。"

冷部长他们玩到十点半才意犹未尽地离开。

他们一走，王副馆长就召集老宋、冷冰冰和李会计商量给舞厅取个名字。大家要王副馆长先说。王副馆长就说："老马那张摄影作品，不是叫《秋风醉了》吗？我把它动一个字，叫'醉秋风'如何？"

大家想了想，觉得似乎还不是最好。

往下，每个人都提出了十几个名字，都不满意，和这许多名字一一比较，"醉秋风"反越显得合适。

最后，大家一致同意，就叫"醉秋风歌舞厅"。

第二天上午，王副馆长就舞厅的名字专门向冷部长作了汇报。

冷部长听后，沉思一阵，突然说："不行！不行！这个名字听起来像是旧社会的妓院。"

王副馆长吓了一跳，他怎么也没料到冷部长会产生这样的联想，一时不知怎么回答。

冷部长站起来，在屋里走了几圈，说："我有主意了，依然是这三个字，只是将它来个本末倒置，叫'秋风醉'如何？"

王副馆长心里有苦说不出，嘴上却连连叫好。

十一月一日晚七点半，秋风醉歌舞厅正式开业。

没几天，地区报纸就刊载了一则消息：我区第一座现代化舞厅日前在某县文化馆正式开业。该项工程几经磨难后，在现任负责同志的艰苦努力下，只用四十天就完成了全部基建和装潢任务。

王副馆长尚未看到报纸，小阎就从宣传部打电话来质问，这则消息是谁写的？光你王副馆长一人努力，就没有领导的支持么？

王副馆长知道小阎口气这样硬，一定是有来头的，站在小阎背后的当然是冷部长。

舞厅开业一个星期，纯收入就达两千元。李会计告诉王副馆长这个消息后，又告诉他另外一个消息：上面已确定，小阎来文化馆当馆长。

10

小阎上任讲的第一句话是："我不像老马。老马年纪大，我年纪轻。处理事情时，可能没有老马考虑得周到。"

这话明显是一种示威。

果然，这次分工时，王副馆长只分管业务，其余人事、财经，小阎都揽了过去。

小阎来之前，舞厅由老宋负责。老宋对付那些不买票进舞厅的人，有几套办法，所以舞厅一直收入很高。

小阎来后，将老宋换了。他怕老宋有意见，就让老宋回文学组，说是让老宋发挥专长，加强文学创作方面的力量。老宋有苦说不出，只得忍了。小阎让肖乐乐负责舞厅。他每天至少要从肖乐乐那里拿走二十张舞票，拿到县委和县政府院子里去做人情。

李会计经常到王副馆长面前诉说，说这个舞厅简直成了小阎的私人乐园。

王副馆长一点权没有，也就无计可施。

为了挽回自己的面子，王副馆长提了几个大型文艺活动的方案，小阎都同意，但又附上一条，说要做到以活动养活动，实行经费自理，馆里最多只负责活动结束时，加一次餐。王副馆长只好打退堂鼓，小阎就在支部会上批评他，说他光说空话，只有计划，没有行动。

有一次，王副馆长发现冷冰冰刚写完的宣传牌上错一个字而造成政治错误。他装作没看见，赶忙走开。然而，王副馆长没能看到他想看的好戏，宣传牌挂出之前，小阎发现这个问题，及时改了过来。

舞厅收入虽然没有老宋负责时高，还是够可以的了，文化馆的人只要没有旷工，每月都能拿到十几元额外奖金。所以，小阎为人虽然霸道，大家还觉得是在可以忍受的范围之内。

转眼到了五月。

这天，小阎将老宋叫到办公室，要他写一篇纪念“延座讲话”的文章。

老宋说自己这一阵子总是头疼，连借条也写不了。

在全馆人员中，小阎唯独对老宋有点胆怯。有一次他对冷冰冰说，全馆人都无法把他怎么样，将来他要栽跟头，可能就栽在老宋手上。

老宋因手里有了大把的钱，回文学组后，他将以往写的小说、诗歌和散文清点了一下，然后经常往省里跑，每跑一次，就有一两篇作品发表出来。在县城里，连冷部长都不敢轻视声名鹊起的老宋。

见老宋不肯写，小阎就转而叫冷冰冰写。

冷冰冰花了五天时间，将文章写了出来，交给小阎。小阎看后，说很好，很合他的意。然后就叫人抄到宣传栏上去。

这期间，老宋又去了一趟省城。老宋兴致勃勃地回来时，看见宣传栏上的文章，不由得火冒三丈，捡起路边的废砖头，将宣传栏砸了一个大窟窿。

老宋行李也没放下，扭头就去休干所，找宣传部的元老董部长告状。

董部长一听说冷冰冰写文章，将全县过去的文艺创作，说成是在极“左”思潮影响下，出现“假大空”的虚伪繁荣，顿时发出几声冷笑。冷部长是董部长提拔起来的，但他不好直接骂冷部长，毕竟一个在台上，一个在台下。他给冷部长打电话，说自己听说文化馆最近组织人写了一篇好文章，他想拜读一下，等等。

冷部长当然听得出弦外之音，他马上去文化馆，站在宣传栏前，看过那篇文章后，不管旁边还站着王副馆长，就将小阎臭骂一顿。

冷部长走后，王副馆长装作随口说："看来世上真的没有常胜将军，谁都会有克星的！"

小阎听后默不作声。

自此小阎谨慎多了，对老宋也愈发客气。

老宋却不买账，他对王副馆长说，这只小牛犊下场肯定还比不上老马。

王副馆长的父亲在街上摆了半年鞋摊，人显得更苍老了。王副馆长托很多人劝父亲收了这鞋摊，他自己也求了许多遍，父亲就是不答应，还说："要我回去，只有一个条件，叫你媳妇给王家生个儿子。"父亲吃饭仍是一日三餐送。有时候，王副馆长有事不能送，仿兰就请老马帮忙送。因为这，王副馆长和老马的关系特别亲密起来。

王副馆长的父亲帮人补鞋，人家给钱他就收，人家不给钱，他也不要。

宣传栏事件过后不久，冷冰冰花了一百多元钱，给冷部长买了一双皮鞋，作为生日礼物。冷冰冰将皮鞋从商店里拿回来时，小阎见了直夸漂亮。

过了几天，小阎去宣传部，见冷部长脚上的新皮鞋破了一个洞。一问才知道，前天，冷部长下乡，半路上碰见一个小偷抢一位老人的钱包。冷部长让司机停下车，带着车上其他人一起上去捉那小偷。小偷急了，拿出刀子来威胁。急切之中，找不到其他武器，冷部长就脱下皮鞋迎战。小偷到底被抓住了，新皮鞋却被刀子戳了一个洞。

小阎在秘书科，干惯了跑腿的事。见此情景就习惯地叫冷部长将鞋换下来，他拿去找人补一补。

冷部长也是习惯了的，小阎一说，他就依从了。

小阎提着冷部长的皮鞋，到街上问了几个补鞋的人，见要价一个比一个高，他就找到王副馆长的父亲，让帮忙好生补一补。

王副馆长的父亲听说这鞋值一百多元，就说：“我还从没补过这么好的鞋，冷部长让我补，是瞧得起我。我就是将身上的皮割一块下来，也要将它补好。”

王副馆长的父亲不知道现在的皮鞋越好，皮子越薄，越不耐穿。他用钳子夹住洞边的皮，想看看洞里面破成什么程度，手上还没怎么用力，那皮子就哗地一下，被撕开一条两寸多长的口子。

王副馆长的父亲一下子傻眼了，生怕自己的手艺被这双皮鞋给毁了，就拼命想办法补救。结果，鞋面上的洞，由小变大，由一个变成几个。

过了一个小时，小阎来拿鞋时，见到破烂不堪的皮鞋，就急得跳脚，大声说：“都这个样子了，你还补什么，去买一双赔给别人算了。”

王副馆长的父亲手一哆嗦，鞋子掉了下来。

小阎又说：“你补不了就该早点说一声，我好找别人去。到了这一步，看你怎么赔？你若不赔，我就将这破鞋挂在你的颈上，让你去游街！”

王副馆长的父亲将头埋在双膝中，不敢回半句话。

这时，肖乐乐来传话，说冷部长打电话来，让他赶紧送鞋去，冷部长有事要出门。

小阎于是说：“这样，我先垫钱买一双皮鞋赔给人家，回头你将钱还给我。”

小阎说完就走了。

这天，县铸造厂举办“红五月歌咏比赛”，王副馆长被请去当评委主任脱不了身，中午饭由老马帮忙送。

老马送饭时，见鞋摊上没人，等了一会仍没人，他没在意，将饭盒放在小板凳上，自己先回了。

傍晚，王副馆长回来时，见一个叫花子正捧着父亲的饭盒，坐在鞋摊后面大口吞咽。见四周都没有父亲的影子，王副馆长心里起了疑问。他撵走叫花子，将鞋摊收拾好挑回家。见仿兰也不知道父亲去哪里了，王副馆长觉得事情不妙，忙叫上几个人帮忙寻找。

王副馆长沿着老城墙外的护城河找了两个来回，也没有发现什么，往回走到十字街头，迎面碰上老宋。

老宋急匆匆地说："快！快去医院！你父亲在那儿卖皮呢！"

王副馆长一边往医院跑，一边问老宋，才知道，小阎走后，王副馆长的父亲想了又想，唯有下决定去医院卖血，还钱给小阎。医生见他年纪大，没有答应。刚好，一个被火烧伤的人需要植皮。医院刚开始做这种手术，没人敢卖自己的皮肤给别人。王副馆长的父亲愿意卖，一化验，正合适。医生刚要下刀子时，老宋赶到了。

王副馆长一进医院，就听见父亲在手术室里叫："我自己的皮，我愿卖，谁也管不了！"

一见儿子，王副馆长的父亲叫得更厉害了，还伸手抢医生的手术刀和手术剪。

王副馆长对父亲说："你不是有儿子吗，再难的事，还有儿子替你顶一阵呢！"

父亲说："你别管我。我什么用处也没有了，还不如一刀一刀地割死了好！"

王副馆长说："你真要这样，那我还有什么颜面出去见人？干脆先将我的脸皮割了！"

说着，王副馆长双膝一弯，人就跪在地上。

老宋说："王师傅，王馆长大小也是个领导，你这样不讲情面，不等于是拆他的台么!”

闹了半天，医生也有些烦，开始撵王副馆长的父亲走。轰的轰，劝的劝，总算将他弄下手术台。

这边王副馆长早被人牵起来，大家一起到外面的休息厅坐下，听王副馆长的父亲诉说事情经过。

王副馆长的父亲痛心地说：“我一生的名声，全叫这双鞋毁了。”

大家对这话没兴趣，只顾齐声痛骂小阎。

老宋说：“这次不把姓阎的整倒，我就四只脚走路。”

众人义愤填膺地说了许多话。

父亲要王副馆长将买鞋的钱先还给小阎。老宋拦着不让给。

王副馆长的父亲不同意，他说：“损坏东西要赔，这是天经地义的事。”

老宋说：“这回若赔了，那就是天不经，地不义了!”

王副馆长的父亲一急，加上饿了两餐，便头晕起来。王副馆长赶紧让护士给他吊了一瓶葡萄糖。

七拖八拖就到了晚上十点。老宋推说有事，先走了。老宋一起身，看热闹的人就都散了，只剩下王副馆长和父亲。

等他俩回到家，仿兰已搂着女儿哭过几场了。她以为父亲是为了她而出走的，那样，她走到哪里，哪里就有人戳她的背脊骨。见父亲回来了，她连忙起身招呼，真心实意地问父亲想吃什么，她这就去厨房做。

父亲只想睡觉，直往自己房里钻。

这时，老宋来了。

老宋先一步回家，很快写出一篇新闻稿，《鞋匠割肉卖皮，只缘官官相逼》。老宋将文章给王副馆长过目。

王副馆长见文章中点了冷部长的名，就不同意，要老宋删去冷部长，他说冷部长是被小阎利用了，是无辜的。

老宋嘴上答应，却没有改，仍然原封未动地寄给了省报。

没多久，文章登出来了。不过不是登在省报上，而是登在省报办的内部参考资料上面。冷部长那一条线还是被删干净了，读文章觉得那鞋是小阎自己的，标题也被改成《老鞋匠失手本该赔偿，年轻人可恶逼他卖皮》。

又过了几天，县里派人到馆里，讨论如何给小阎处分。大家一致认为，给他一个撤销党内外一切职务的处分就够了。

半个月后，小阎的处分下来了，是双开除加双留用察看，并调到老马当副乡长的那个地方去当一名中学教师。和别的犯案人相比，大家都认为处分太重了。老宋说这是舍卒保车。

小阎走时，王副馆长派李会计和肖乐乐将他一直送到那所中学。他俩回来时，说学校对小阎的安排还可以，教附属高小的思想品德课，课不多。

11

王副馆长又开始代理馆长了。

这一次他汲取了前两次代馆长时的教训，有事多请示，多汇报。

其实，在讨论给小阎的处分时，他就开始想自己这次如何代馆长了。所以，小阎走后第三天，他就去找冷部长汇报自己的工作计划。

冷部长听说他要搞镭射电影，就泼了一瓢冷水，说电影是电影公司的事，文化馆不要把这池水搅浑了。还说，能将舞厅办好就很不错，别把风头出得太足了。

王副馆长当时没争辩，心里却说：烧三根香，放两个屁，菩萨不说话，问你自己过不过意？我就是要代一回馆长，做一桩大事，搞得你非提我当正馆长不可。

返回文化馆后，王副馆长让李会计去外贸宾馆订了一桌酒菜，将公安局、工商局等有关单位的关键人物请来吃了一顿。席间，王副馆长说了搞镭射电影的事。县里的人只听说过这东西，上省城时，见镭射电影都在一些高雅的地方放映，也没机会开眼界，便答应大力扶持这件新生事物。

等冷部长察觉时，王副馆长已将营业执照拿到手了，买机器的钱也已筹到了一大半。

接下来王副馆长要到深圳去买机器，当然，主要是联系片源问题。

以往仿兰从不拉王副馆长的后腿，这一次她说什么也不放王副馆长出去。王副馆长的父亲从医院回来后，就一蹶不振，躺在床上只能靠王副馆长每餐送碗粥度命，开始是小便失禁，这几天大便也失禁了。王副馆长一走，留下媳妇怎么好料理公公呢?

王副馆长先一想，觉得自己的确不能离开。后一想，镭射电影的事已是骑虎难下，不一气呵成地办好更不行。他打定主意瞒着仿兰偷偷出门，家里的事只好将她逼上梁山。

隔天早上，王副馆长装着起来给父亲擦洗身子，将阳台上没干的衣服卷成一团塞进提包里，开开门悄悄走了。

这次去深圳，李会计、老宋等都想与王副馆长做伴，王副馆长却选了冷冰冰。他想通过冷冰冰来缓和与冷部长的关系。

在深圳，他俩一起选中镭射机器后，王副馆长便有意避开，让冷冰冰一个人去和老板谈价钱。回来时，冷冰冰给家里每人买了一枚金戒指，还送了一枚金戒指给仿兰。王副馆长心知她吃了回扣，想到回家时，仿兰这一关不好过，他就代仿兰收下了。

实际上，王副馆长离家不久，仿兰就发觉了，她追到车站时，都看到王副馆长和冷冰冰乘坐的客车影子。回屋后，见父亲那番模样，仿兰本不想理睬，又于心不忍，狠了狠心，只好闭上眼睛给父亲擦。仿兰刚动手，父亲却弱弱地叫着："不!! 不!"

正在为难时，李会计的母亲提着菜篮来了，说是看看王师傅好些没有。见此情形就说："你去帮我买菜，我替你找个人来帮他擦!"

仿兰心想谁愿做这下作的事，就多了个心眼，先出门去，在楼下躲了一会。见李会计的母亲还没下来，她就悄悄返回去，走到窗外，她听见屋里有女人低低的抽泣和哗哗的水响，偶尔还能听到父亲的低声叹息。仿兰退下后，去菜场买了李会计的母亲要买的几样菜，又自己掏钱买了两斤猪肉搁在篮子里。她买东西时，头一回不性急，不管别人怎么插队，都不心烦。

回家时，见屋里仍只有两个人，仿兰装着责备李会计的母亲没有留住来帮忙的人，她买了一块肉本来是要感谢人家，现在只好给李会计的母亲了。谦让了一阵，王副馆长的父亲在床上叫李会计的母亲收下，这事才算完。

然后，仿兰要李会计的母亲每天上午请那人来一次，她借口图书馆每天上午忙，离不开人，将门上的钥匙给了李会计的母亲。李会计的母亲推也没推就接受了。

王副馆长惦记着家里的人，拼命往回赶。到了县城，一出车站他就扛着机器先到办公室。

进门后，见从前老马和小阎坐的那张桌子后面，坐着一个陌生人。

一问，才知是刚上任的馆长，姓林，是从部队转业回来的。

王副馆长一屁股坐在椅子上，半天无话。

倒是林馆长见他这热的天出差回来，连忙又是敬烟又是泡茶，还打开电扇，对着他吹风。

吹了一会儿，王副馆长一连打了几个喷嚏。

谁也没有想到，几个小小的喷嚏就将王副馆长打倒了。

12

王副馆长一进家就病倒了，他发烧得很厉害，老是在三十九度左右不退。连医生也吃惊，这么年轻力壮的一个人，未必真叫一个小小的感冒治趴下了。熬了一个星期，总算退烧了，接下来再在医院观察了一个星期，每天吊一瓶氨基酸，前后一算账，一场感冒花去文化馆上千元。

住院的后几天，王副馆长嫌医院吵，吊完氨基酸以后就回家。

回到家里，王副馆长依然睡不着觉，一件很小的事情都能让他反反复复地想个通宵。

睡不着时，半夜里，总能听见父亲恐怖的呻吟声。父亲一醒就会唤王副馆长去，听他哭诉祖上人在梦里如何的用酷刑折磨他，说他教子无方，让王家香火断了。

王副馆长心头压力更大了。老想自己这几年何苦这样卖力，什么好处没捞着，连个儿子也没有，弄得一家人都伤心。第一次代馆长将文化馆大楼建起来了；第二次代馆长，修了一座舞厅；第三次代馆长虽然只有二十来天，也干成一个镭射电影。可这些都被别人捡了便宜，自己却是吃力不讨好。

这天，王副馆长正在吊氨基酸，李会计来看他。李会计告诉他，镭射电影今天搞首映式。李会计给了四张票，让他送给医生护士，以表示感谢。

王副馆长将这票随手递给在旁边照看的那位护士。护士拿着票出去不一会儿，内科的医生护士，都来朝他要票。

这时，李会计尚未走。王副馆长就问他还有票没有。李会计说，票倒有，但都是给县里领导的。王副馆长将李会计的提包夺过来，拿出里面的票，一人给两张，边给边说："有些当官的吃人不吐骨头，这两张票他们当便纸使还嫌小。"

其他科室的医护人员，闻讯也来了。转眼之间，一大摞票就剩下十来张了。李会计一把抢回去，讨饶般地说："这几张是给关系户的，实在不能再给了。"

没票的人仍在缠着王副馆长，他只好叫李会计回头再送二十张舞票来，然后，只要他在这儿住着，保证每天十张电影票，十张舞票。

看过镭射电影的人，回来都说够刺激。秋风醉舞厅的曲子，更是能迷死个人。所以，医院上下都对王副馆长很好。

那天晚上，父亲呻吟又起时，他突然起了一个念头，为什么不试试让医生帮忙开个假证明，说女儿有先天性心脏病，然后到计生委去弄个准生证，让仿兰再生一胎呢！

第二天一大早他就去了医院。

他不去病房，而是去内科高主任家。高主任一家都成了镭射电影迷，见他到了，连忙让座。他先将从深圳带回的一条“万宝路”递上，再说自己女儿身体如何不好，可能是先天性心脏病，希望高主任高抬贵手，帮忙确认一下。

高主任笑着问：“是确诊，还是确认？”

王副馆长一慌，竟不知说什么好。

高主任的爱人在一旁说：“老高你何必明知故问，王馆长是个老实人。”

王副馆长听了这话，索性将家里的一切都摊开说了。

高主任听了，转身从抽屉里拿出一张病情诊断书，一边填写，一边说：“人就是这样，政治上进步不了，总得在生活上有个精神寄托。”

写好后，就递给王副馆长。

王副馆长一看，全是按自己说的写的，而且连医院的公章都预先盖好了。

高主任说：“我是第一次这样看病的。”

王副馆长见他写得这样从容，不相信这是第一次，就问：“不知到计生委那儿，手续怎么办？”

高主任说：“管他怎么办！你将这个诊断书直接交给李水蛇，他自然会亲自替你办的。”

高主任的爱人说：“李水蛇的肾不好，全靠老高给他治！不过申请书你可要写一份。”

高主任又说：“等你拿到准生证时，往你父亲眼前一晃，准保他的病能好！若是没好，我就将这条‘万宝路’还给你！”

王副馆长针也不打了，回家写好申请书，又找李会计盖上公章，便去找李水蛇。

李水蛇是计生委李主任的绰号。见了高主任的诊断书，果然不敢迟疑，不到半个小时就将准生证交给了他。

王副馆长随即打电话，要仿兰到医院妇产科去下避孕环，说自己已搞到准生证了。仿兰还以为他在开玩笑。当天下午，王副馆长先去医院办出院手续，在陪仿兰去妇产科时，正好碰见高主任的爱人。高主任的爱人教他每次同房之前，夫妻俩都用小苏打水洗下身，成功率会高很多。

从医院回来，王副馆长真的将准生证拿给父亲看了看。父亲眼珠一亮，忽然就坐起来，接过准生证，双手捧着，先哭一阵，接着大笑起来。等父亲平静些后，王副馆长就和仿兰进了卧房。

这一次和以往任何一次都不一样，滋味很特别。

王副馆长一声声说："你一定要给我生个儿子！"

仿兰一声声回答："我一定要给你生个儿子！"

王副馆长父亲的病一天天见好了。仿兰再次怀孕时，他已经能够下床摇摇晃晃地走上几步。过了几天，见自己走路已经稳当了，王副馆长的父亲就要回乡下去，说八个月的时间自己可以养两头大肥猪，等仿兰生儿子时，就将猪卖了，给她母子俩补身子用。

王副馆长拗不过，只得由父亲去。

王副馆长每天去办公室点个卯就回家做家务，家务事情他全包了，让仿兰整个地歇着。

农科所半年前开始做花鸟虫鱼的生意，老马屋里这类东西很多。王副馆长隔三岔五地去拿一样过来，时间不长，家里就变得一派鸟语花香了。

每天晚上七点半左右，王副馆长必到秋风醉舞厅和镭射电影厅门前转一转，遇到熟人，就叫看门的放进去。

林馆长不管他。当过兵的人，总是讲义气。

林馆长在王副馆长生病时，曾来家里探望过，当面说自己是雀占凤巢。林馆长还吩咐李会计，不管什么时候，只要王副馆长要票，也不管是舞票还是电影票，要多少就给多少。别人要票时，他却卡得很死。

仿兰对王副馆长说："小林这是在用软刀子捅你呢！"

王副馆长说："我已经死了那个心，不想当官了，他捅我有何用！"

王副馆长照旧每天去拿票。拿不到票的人，渐渐对他有意见了，开始时见面还说几句话，到后来，就只点点头称呼一下就完事。就连老宋和李会计也变得生疏了。老罗反而成了例外，过去老罗见了他总像仇人一样，但近一段变得客气了，有时还和他开个小玩笑。

和外面熟人的关系也变了。以前，王副馆长工作挺忙，和熟人碰面了，仓促拣几句要紧的说了，便走路。现在情形大不相同，上街买菜，只要碰见熟人，不管有事无事，他总要走拢去，站着和那人说一阵。单边只有五百米的路程，没有两个小时是回不来的。

有一次，王副馆长在街上碰见了冷部长。他见冷部长提着菜篮买菜，有些惊奇。

冷部长说："今天是星期天，买买菜，让自己轻松一下。"

王副馆长马上说："我每天都买菜，每天都是星期天！"

冷部长笑起来，问他这一阵在忙什么。

王副馆长说他搞了几十盆花，光是早晚搬进搬出就把人累死了，而且各种花浇水的最佳时间不一样，更是把人搅昏了头。还要喂鸟，那东西比养儿子还艰难。

王副馆长说了一大通，冷部长听得有滋有味，从头到尾没有打断一下。王副馆长说完后，冷部长才问，馆里的工作近段搞得如何。

王副馆长半年多不问馆里的事，就胡乱说："基本上是按你的讲话精神去做。"

冷部长一听这话就来了劲，问大家对他的讲话有什么反应。

王副馆长哪里知道冷部长的什么讲话，都是胡言乱语现编的，见冷部长追问，就只好再编，反正是拣好的说。

冷部长很高兴，说过一阵闲了，他要到文化馆来蹲一段时间的点。

隔了几天，冷冰冰来家里玩，临走时，她说冷部长想要几盆花。冷冰冰说过后就自己去挑，结果，拿走的都是名贵品种。王副馆长很是心疼了一阵。

林馆长的爱人和小孩在哈尔滨，转业时，林馆长要回南方，爱人不同意，闹僵后，林馆长一个人回来了。他没要别人腾房子，就将馆长办公室隔出半间做卧房，一个人住在办公楼上。

王副馆长有天去点卯时，进林馆长的卧房坐了坐，发现屋里的一盆昙花很眼熟，他想起来，这是冷冰冰上次从他那儿拿走的。

第二年开春时，怀胎十月的仿兰生了，王副馆长如愿以偿地得了个宝贝儿子。

王副馆长抱着刚出生的儿子，正在让仿兰亲时，护士进来说，外面有人找。

王副馆长出来后，见走廊上站着一个面黄肌瘦的男人，好半天才认出是小阎。他要和小阎握手，小阎将手藏到背后，说他正在患黄疸肝炎。王副馆长连忙后退几步，将儿子送回产房，再返回来说话。

小阎住了几十天的医院，钱用完了，病没全好，医院要他拿钱来，不然明天就停他的药。他托人给学校捎了几次信都没动静。今天早上，他从病房窗口，看见王副馆长领着大肚子的仿兰进了妇产科，才瞅空从传染病房里溜出来。

小阎要王副馆长无论如何帮他一回。

王副馆长说："你是我儿子见到的第一个外人，按乡下的规矩，他得拜你为干爹呢！这个忙我一定帮。"

正说着，王副馆长的父亲喜颠颠跑来了，见了儿子就说："我把两头肥猪卖了，得了八百多元钱。"

王副馆长说："小阎在这儿呢！他病了，住院，想借点钱!”

王副馆长的父亲说:“借什么!我还欠你一双皮鞋钱呢!”说着,就数了一百二十元钱给小阎。

小阎谢过后要走,王副馆长叫住他,本想问那次他为何不将冷部长说出来,又突然不想问,只说了一句祝福的话。

儿子满月时,王副馆长大请了一顿。席上人多,但他还是发现冷冰冰没有来。他打电话到冷部长家去问。冷部长的爱人说,冷冰冰昨晚就没回,她也在到处找。席间,李会计、老宋他们借花献佛,向林馆长敬酒。平日酒量很大的林馆长,没喝几杯就醉了,一句句地嚷:“我不怕!大不了去坐两年牢!”大家都笑起来。

自有了儿子后,王副馆长连去办公室点卯都放弃了。等儿子九点钟左右醒后,先抱着他去图书馆找仿兰要奶吃,返回时,若天气稍有不好便直接回家。天气特别好时,就到文化馆办公楼上转悠一下。文化馆所有的人都喜欢这个白胖胖的小子,都说王副馆长的这项“希望工程”搞得好。

镭射电影由于片源问题,已不那么红火了,但还是稳赚不蚀。秋风醉舞厅仍然门庭若市,所以王副馆长每天晚上必到。

这一天,组织部姚科长给王副馆长打电话说,他的小舅子谈成了一个女朋友,今天晚上想约一帮朋友到秋风醉舞厅庆贺一下。王副馆长问多少人。姚科长说,大约二十左右。王副馆长一口答应下来。

晚上，王副馆长抱着儿子往舞厅门前一站，将一大帮人呼呼啦啦地放了进去。林馆长站在旁边，像是什么也没看见，只顾一个劲地同王副馆长的儿子逗笑。

过了一阵，林馆长说："今天宣传部开会，表扬了我们，说整个宣传口就文化馆的班子最团结。"

王副馆长说："全靠你支撑。"

林馆长："以后就靠你了。"

王副馆长正要说什么，冷冰冰来了。林馆长和冷冰冰相视一笑，就进舞厅跳舞去了。王副馆长进去看了看，觉得他俩跳舞跳得比所有人都投入。

舞曲完了时，姚科长的小舅子走拢来，对王副馆长说，他哥哥让捎个口信，文化馆的人事近几天可能有大变化，让王副馆长对任何可能出现的情况，都作个心理准备。

王副馆长心想，无非是说老子不干工作，要撤老子的职，老子还早就不想干了呢！

回家后，他没将这事告诉仿兰。他怕仿兰着急，影响奶水。

第二天早上，王副馆长正在家里洗尿片，忽然从门外闯进一大群人。为首的是组织部姚科长，还有宣传部、文化局的一些头头。

大家坐下后，姚科长先说话。

姚科长说，林馆长犯有严重的作风问题，一年之内致使冷冰冰两次怀孕，两次流产，上面已决定对他进行撤职查处，文化馆馆长一职，从今日起由王副馆长担任。由于时间仓促，正式任命通知要过几天才能下达。姚科长还强调，冷冰冰的事在文化馆只限于王副馆长一个人知道。他最后还特地传达上级领导同志的意见，说王副馆长在这一年多时间内，各方面都成熟了，因此适合担任一把手工作。

没容王副馆长推辞，大家就裹着他到文化馆去开大会宣布。

会场上，王副馆长见林馆长自始至终都镇定自若。

冷冰冰没有参加会。其他到会的人，全都大吃一惊。

林馆长嘴上答应检查，可是才过一天，他就和冷冰冰私奔去深圳了。

正式升任馆长后，王副馆长给家里请了个小保姆，又将父亲从乡下叫回来。尽管这样，他仍然心挂两头。馆里的工作，他要大家按部就班去搞就行，老宋提了几个改革发展的新方案，都被王副馆长锁在抽屉里，其中包括搞健身房的方案。

上任两个月后，冷部长说要来文化馆看看。

王副馆长慌了，将近期来的文件、简报和领导的讲话找了一大堆，想搞清上级是怎么说的，再想自己如何汇报。

正忙时，肖乐乐哭哭啼啼地进来了，说老罗刚才在办公室里调戏她。王副馆长想也不想就说：“老罗就是这么个脾气，爱占点小便宜。你就当和一个不情愿的男人跳了一回舞得了。以后自己小心就是。别再哭，让别人知道了不好。这种事，丢面子的总是女方。”

肖乐乐出去后，王副馆长发现还缺冷部长的一个讲话。就打开老马、小阎和小林使用过的那张办公桌的抽屉。他意外地发现，老马多年前拍的那张照片《秋风醉了》，被谁扔在里面。他拿起来细细地看了一遍后，心里觉得酸溜溜的，不敢看那戴着草帽的小狗。

老罗走进来说：“你儿子在家哭呢！”

王副馆长放下照片，慌忙要走。

老罗又说：“开玩笑的。你父亲正在家教小保姆补破鞋呢，小保姆不愿意，你父亲就劝她说，保姆不能当一生，学了手艺就能挡一生，只要有人穿鞋就少不得鞋匠。”

老罗探头看了一下小林从前的卧房说：“这好一盆昙花，他怎么不带走？”

王副馆长递了一支烟给老罗，却没有火。老罗说我去弄火来。老罗一走，王副馆长连忙锁上门，往家里走。他还是放心不下儿子。

路过老马家门口时，王副馆长听见老马在训斥两个孩子，说不想读大学的学生不是好学生。他猛地想到，可不可以说，不想升官的干部不是好干部呢？

刘醒龙主要著作目录

长篇小说：

1. 威风凛凛．北京：作家出版社，1994.

2. 至爱无情．北京：群众出版社，1995.

3. 生命是劳动与仁慈（再版改名《燕子红》）．北京：人民文学出版社，1996.

4. 寂寞歌唱．天津：百花文艺出版社，1997.

5. 往事温柔．桂林：漓江出版社，1997.

6. 爱到永远（再版改名《一棵树的爱情史》）．南京：江苏文艺出版社，1998.

7. 市府警卫．北京：群众出版社，1999.

8. 痛失（再版曾改名《政治课》）．武汉：长江文艺出版社，2001.

9. 弥天．上海：上海文艺出版社，2002.

10. 圣天门口（三卷）. 北京：人民文学出版社，2005.

11. 圣天门口(两卷)(修订本). 北京：人民文学出版社，2006.

12. 中国当代名家长篇小说代表作·圣天门口（三卷）. 北京：人民文学出版社，2007.

13. 天行者. 北京：人民文学出版社，2009.

14. 共和国作家文库丛书·威风凛凛. 北京：作家出版社，2009.

15. 新中国60年长篇小说典藏丛书·圣天门口（两卷）. 北京：人民文学出版社，2009.

16. 政治课. 长沙：湖南文艺出版社，2010.

17. 威风凛凛（绘画评点本）. 北京：工人出版社，2011.

18. 燕子红. 重庆：重庆出版社，2013.

19. 一棵树的爱情史. 北京：北京十月文艺出版社，2013.

20. 茅盾文学奖获奖作品全集丛书·天行者. 北京：人民文学出版社，2013.

21. “东风工程”图书出版项目·天行者. 北京：人民文学出版社，2013.

22. 刘醒龙长篇小说系列·天行者. 上海：上海文艺出版社，2014.

23. 刘醒龙长篇小说系列·一棵树的爱情史. 上海：上海文艺出版社，2014.

24. 刘醒龙长篇小说系列·威风凛凛. 上海：上海文艺出版社，2014.

25. 刘醒龙长篇小说系列·弥天. 上海：上海文艺出版社，2014.

26. 刘醒龙长篇小说系列·往事温柔. 上海：上海文艺出版社，2014.

27. 刘醒龙长篇小说系列·燕子红. 上海：上海文艺出版社，2014.

28. 刘醒龙长篇小说系列·圣天门口（三卷）（完全版）. 上海：上海文艺出版社，2014.

29. 刘醒龙长篇小说系列·蟠虺. 上海：上海文艺出版社，2014.

长篇散文：

1. 一滴水有多深. 北京：作家出版社，2009.

长篇报告文学：

1. 浴血平原. 武汉：湖北人民出版社，1993.

小说集：

1. 异香：武汉：长江文艺出版社，1992.

2. 凤凰琴．北京：中国青年出版社，1993.

3. 恩重如山．北京：中国文学出版社，1994.

4. 跨世纪文丛·秋风醉了．武汉：长江文艺出版社，1994.

5. 刘醒龙文集·无树菩提．北京：群众出版社，1997.

6. 刘醒龙文集·荒野随风．北京：群众出版社，1997.

7. 刘醒龙文集·乡村弹唱．北京：群众出版社，1997.

8. 刘醒龙文集·疼痛温柔．北京：群众出版社，1997.

9. 黄昏放牛．北京：北京出版社，1998.

10. 中国当代作家选集丛书·刘醒龙．北京：人民文学出版社，1999.

11. 中国经典乡土小说六家·大树还小．北京：解放军文艺出版社，2001.

12. 刘醒龙小说选·城市眼影．北京：群众出版社，2003.

13. 刘醒龙小说选·我们香港见．北京：群众出版社，2003.

14. 凤凰琴．武汉：武汉出版社，2006.

15. 当代名家代表作·菩提醉了．上海：文汇出版社，2006.

16. 鲁迅文学奖获奖作家丛书·刘醒龙小说．北京：中国社会出版社，2006.

17. 跨世纪文丛精华本·刘醒龙作品精选．武汉：长江文艺出版社，2008.

18. 刘醒龙自选集．海口：海南出版社，2008.

19. 刘醒龙中短篇小说自选集．北京：新世界出版社，2012.

20. 茅盾文学奖获奖作家的短经典·大树还小．北京：人民文学出版社，2013.

21. 茅盾文学奖获奖者小说丛书·暮时课诵．南京：江苏文艺出版社，2013.

22. Instituteurs de la montagne《山村教员》（收录中篇小说《村支书》《凤凰琴》）（小说集）（法文）．北京：中国文学出版社，1994.

23. LA DEESSE DE LA MODERNITE.（中篇小说《冒牌城市三题》）（小说集）（法文）（译者：傅玉霜）．巴黎：中国蓝出版社，1999.

24. Du Thé d 'hiver pour pékin（原名《挑担茶叶上北京》）（法文）（译者：傅玉霜）．巴黎：中国蓝出版社，2004.

25. La Guerite La force des farces en terre chinoise（《冒牌城市三题》）（小说集）（法文）（译者：傅玉霜）．巴黎：中国蓝出版社，2006.

26. 刘醒龙小说精选（小说集）（维吾尔文）．乌鲁木齐：新疆人民出版社，2013.

27. 村支书（英文）[J]．中国文学（北京），1993（2）.

28. 凤凰琴（英文）[J]．中国文学（北京），1996（1）.

29. 暮时课诵（日文）（译者：和田武司）[J]．中国现代小说（东京），1994（冬季号）.

30. CHOUX-RAVES（原名《白菜萝卜》）（法文）（译者：傅玉霜；CROQUANTS DE CHINE（合集）. 巴黎：中国蓝出版社，1998.

31. 凤凰琴(韩文)（译者：李素贞）；吉祥如意(合集）. 首尔：民音出版社，2009.

32. 凤凰琴(英文)（译者为 Vivian H. Zhang ）于 Long River Press（旧金山）A KNIFE IN CLEAR WATER and Other Stories（合集）.2012.

33. 圣天门口（节选）（英文）：《PATHLIGHT（灯塔）·人民文学》（英文版）第一期译载。

散文集：

1. 女儿是父亲前世栽下的玫瑰. 北京：中国青年出版社，2007.

2. 寂寞如重金属. 北京：北京十月文艺出版社，2011.

3. 人是一种易碎品. 北京：地震出版社，2011.

4. 刘醒龙散文自选集. 北京：新世界出版社，2012.

著作获奖情况：

1.《挑担茶叶上北京》（中篇小说）获第一届鲁迅文学奖优

秀中篇小说奖（1995—1996）。

2.《凤凰琴》（中篇小说）获第五届《小说月报》百花奖（1991—1992）。

3.《白菜萝卜》（中篇小说）获第六届《小说月报》百花奖（1993—1994）。

4.《分享艰难》（中篇小说）获第七届《小说月报》百花奖（1995—1996）。

5.《凤凰琴》（中篇小说）获第三届湖北省屈原文艺奖（1995）。

6.《凤凰琴》（中篇小说）获第三届《青年文学》奖（1989—1992）。

7.《去年》（中篇小说）获《人民文学》纪念创刊45周年小说新人奖（1994）。

8.《秋风醉了》（中篇小说）获第九届《联合文学》奖（台湾）（1993）。

9.《菩提醉了》（中篇小说）获第三届上海市长中篇小说奖（1994—1995）。

10.《分享艰难》（中篇小说）获第四届上海市长中篇小说奖（1996—1997）。

11.《暮时课诵》（中篇小说）获第六届《上海文学》奖（1992—1993）。

12.《菩提醉了》（中篇小说）获第七届《上海文学》奖（1994—1995）。

13.《分享艰难》（中篇小说）获第八届《上海文学》奖（1995—1997）。

14.《分享艰难》（中篇小说）获《中华文学选刊》优秀中篇小说奖（1996—1997）。

15.《分享艰难》（中篇小说）获《中篇小说选刊》优秀中篇小说奖（1996—1997）。

16.《分享艰难》（中篇小说）获1997年度全国中篇小说十佳奖（1996）。

17.《威风凛凛》（长篇小说）获1997年度全国长篇小说十佳奖（1996）。

18.《历史的埋伏》（中篇小说）获中华侦探小说学会五十年二十篇侦探小说佳作奖（1999）。

19.《威风凛凛》（长篇小说）获中华侦探小说学会第二届优秀侦探小说奖（2000—2001）。

20.《圣天门口》（长篇小说）获第二届中国小说学会奖长篇小说大奖（2003—2005）。

21.《圣天门口》（长篇小说）获首届世界华文长篇小说红楼梦奖决审团奖（香港）（2004—2005）。

22.《圣天门口》（长篇小说）获首届中国当代文学学院奖

(2006—2008)。

23.《天行者》（长篇小说）获第十一届全国精神文明建设“五个一工程”奖（2009）。

24.《天行者》（长篇小说）获第二届中国出版政府奖提名奖（2010）。

25.《天行者》（长篇小说）获第八届茅盾文学奖（2007—2010）。

26.《天行者》（长篇小说）获《十月》杂志创刊35周年最具影响力作品奖。

27.《抱着父亲回故乡》（散文）获第五届“在场主义散文奖”。

28.《抱着父亲回故乡》（散文）获第七届老舍散文奖。

29.《蟠虺》（长篇小说）获第九届中国书业“年度图书奖”。

30.《蟠虺》（长篇小说）获《人民文学》杂志2014年度优秀长篇小说奖。

31.《蟠虺》（长篇小说）获第六届中国图书势力榜2014年度十大好书。

32.《蟠虺》（长篇小说）获2014年度中国小说学会长篇小说排行榜第一名。

第七届中华文学基金会庄重文文学奖（1995）。

第二届湖北省文艺明星奖（1993）。

第四届武汉市黄鹤文艺奖（市长奖）（1996）。

第一届武汉市优秀文艺家奖（2000）。

第一届青年文学创作成就奖（1990—2004）。

武汉市人民政府文学艺术贡献特别奖（2011）。

湖北省人民政府文学艺术贡献特别奖（2011）。

《凤凰琴》（电影剧本）获中国电影政府奖最佳编剧奖（1993）。

《凤凰琴》（电影剧本）获中国电影金鸡奖最佳编剧奖（1994）。

作品改编情况：

电影

《凤凰琴》（中篇小说），改编为电影《凤凰琴》，由潇湘电影制片厂、天津电影制片厂联合摄制。

获 1993 年中国电影政府奖（华表奖）最佳故事片、最佳男演员、最佳编剧奖；

获 1993 年第三届“五个一”工程奖；

获 1994 年中国电影金鸡奖最佳故事片奖、最佳男演员奖、最佳导演奖；

获 1994 年电影百花奖最佳故事片奖、最佳导演奖、最佳男主角奖；

获 1994 年第一届珠海电影节评委会特别奖；

获1994年第二届北京大学生电影节特别奖；

获1994年第四届平壤国际电影节最佳故事片“火炬铜奖”；

1994年参加美国奥斯卡电影奖外语片评选。

《秋风醉了》（中篇小说），改编为电影《背靠背脸对脸》，由西安电影制片厂摄制。

获1994年第一届珠海电影节最佳故事片奖、最佳编剧奖；

获1994年第二届北京大学生电影节评委会特别奖；

获1995年第九届大马士革国际电影节导演奖、表演特别奖；

获1995年中国电影金鸡奖最佳合拍片奖；

获1995年东京电影节最佳男演员奖；

获1995年第五届上海影评人十佳影片奖；

获1995年第14届香港电影金像奖十大华语片。

电视剧

《凤凰琴》（中篇小说），改编为四集电视剧《凤凰琴》，由河南省电影制片厂、中央电视台影视部合拍，获1994年中国电视剧“飞天奖”二等奖。

《黄昏放牛》（中篇小说），改编为六集电视剧《黄昏放牛》，由太原电视台、中央电视台影视部合拍，获1996年中国电视剧“飞天奖”三等奖。

《农民作家》（中篇小说），改编为上下集电视剧《戏》，由太原有线电视台、中央电视台影剧部合拍，获1997年中国电视剧“飞天奖”二等奖。

《分享艰难》（中篇小说），改编为十集电视剧《小镇》，由中央电视台影视剧部、长春电视剧制作中心合拍。

《生命是劳动与仁慈》（长篇小说），改编为十集电视剧《劳动的人民在歌唱》，由中央电视台影视剧部、太原电视台合拍。

《圣天门口》（长篇小说），改编为四十八集电视剧《圣天门口》，由华谊兄弟影视公司拍摄。

舞剧

《爱到永远》（再版改名《一棵树的爱情史》）（长篇小说），改编为大型舞剧《山水谣》，武汉歌舞剧院演出，获文化部戏剧文华奖。